H. BOUT DE CHARLEMONT

VALS

POUR RIRE

AVIGNON

J. ROUMANILLE, LIBRAIRE-ÉDITEUR

Rue Saint-Agricol, 19

1893

VALS POUR RIRE

OUVRAGES DU MÊME AUTEUR

Notice sur les *Richesses Minérales de la Nouvelle Calédonie*.

Notice historique sur la *Pisciculture*.

Coup d'œil général sur la *Pisciculture*.

Note pour servir à l'*Histoire des Aquariums*.

Notice biographique sur les *Filhol Camas*.

La Famille Roë, roman d'éducation pour la Jeunesse.

Les Couleurs de Quiquembroche, nouvelle.

La Femme du Collectionneur, monologue en vers.

EN PRÉPARATION :

Ma Pensée, poésies.

H. BOUT DE CHARLEMONT

VALS

POUR RIRE

AVIGNON

J. ROUMANILLE, LIBRAIRE-ÉDITEUR

Rue Saint-Agricol, 19

1893

DÉDICACE

Valsois mes amis, baigneurs mes frères, je vous dédie ce livre que j'ai composé à votre intention. Qu'il vous fasse passer quelques moments agréables et je serai content. Au moins, n'allez pas prendre la mouche à propos des anodines plaisanteries que vous y rencontrerez. Laissez la susceptibilité et les froncements de sourcils aux gens qui ont un mauvais caractère ou un mauvais estomac, ce qui est tout un, et qui sont atteints d'hypochondrie, de misanthropie, de mélancolie et autres maladies aussi affreuses. Prouvez qu'il n'en est pas de même pour vous et démontrez ainsi la vertu des eaux de Vals. Montrez que vous avez l'esprit bien fait et le foie intact en applaudissant à mes innocentes galejades. Rappelez-vous que le rire est le propre de l'homme, comme a dit Rabelais, et que c'est un exercice éminemment salutaire. Riez donc, mes amis, en lisant mon livre : riez avant, riez après, riez tant que vous pourrez, franchement et de bon cœur, doucement ou à grand bruit, en dessous ou aux éclats : riez encore, riez toujours, vous ne rirez jamais assez : mais, sur toutes choses, gardez-vous de rire jaune et laissez en repos votre vésicule biliaire. Vous vous en trouverez bien et " Vals pour Rire " ne s'en portera que mieux.

UN PEU DE GÉOGRAPHIE

UN PEU DE GÉOGRAPHIE

A Mme Emma GRANON, Avignon.

Vals est une petite ville qu'on place, avec une certaine latitude et quelque peu de longitude, dans une région agreste, montagneuse et boisée des Gaules, où l'on fabriquait jadis toutes celles qui servaient à abattre les noix et à caresser les côtes des indiscrets désireux de voir de trop près ce qui s'y passait. Les anciens l'appelaient Helvie, ce qui tendrait à prouver que, si elle est bien vivante aujourd'hui, elle n'était pas morte non plus dans ce temps là.

Cette petite ville, qu'on a bâtie à la campagne par mesure d'économie, compte environ 3000 habitants sédentaires ; mais cette population est plus que triplée, chaque été, par des émigrations nombreuses de gens aussi étranges qu'étrangers, qui, quoique venant des quatre points cardinaux, semblent s'être donné le mot pour avoir l'air d'être affligés d'une foule de maladies, et notamment d'une soif inextinguible.

Les naturels de l'endroit sont des deux sexes,
comme presque partout, et ils se reproduisent
à peu près de la même manière que les autres
habitants de la croûte terraquée. Les hommes
ne sont ni très beaux, ni trop laids, ni fort grands,
ni bien petits ; ils sont plutôt gras que maigres,
à moins que ce ne soit le contraire. Ils sont doux
et affables quand ils ne sont pas méchants et
querelleurs. Les femmes sont jolies et agréables,
pour peu qu'elles n'aient pas oublié de l'être.
Elles sont jeunes avant d'être vieilles, ne perdent
leurs cheveux que lorsqu'elles les ont mal atta-
chés et gardent leurs dents jusqu'à ce qu'elles
tombent. Les unes sont parfois pourvues de pro-
tubérances aussi accentuées que celles du soleil,
toutes proportions gardées s'entend. D'autres
n'ont jamais d'excédents de bagages à payer
quand elles voyagent en chemin de fer.

Les Valsois ne manquent pas d'un certain esprit et ils ont de grandes dispositions pour les
arts et surtout pour la musique et la danse. Ils
pratiquent, à l'égard des émigrants qui viennent
périodiquement étancher leur soif et épancher
leurs peines dans leur sein, une hospitalité vaguement écossaise, en partageant avec eux, à
un prix plus ou moins juste, le pain, le sel et le
couvert. C'est probablement de cette aptitude

pour la valse des écus des autres qu'est venu le nom de leur patrie.

La ville est située au confluent de l'Ardèche et de la Volane, deux cours d'eau navigables à pied et à cheval et sur lesquels on ne jette des ponts que pour ne pas les humilier et pour leur donner le plaisir de les démolir lorsqu'elles se mettent en colère.

L'Ardèche est une rivière d'un caractère très volcanique et d'un tempérament fort irrité. Aussi lève-t-elle volontiers le coude et, à cette fin, a-t-elle à sa portée un certain nombre d'assez grandes tasses, comme la coupe de Jaujac, la coupe d'Aizac, etc. Quand elle a bu son comptant, elle ne connaît plus personne et se livre aux écarts les plus répréhensibles. Au demeurant, la meilleure fille du monde, tant qu'elle est à jeun.

La Volane traverse et arrose Vals, en coulant à sec pendant toute l'année, ce qui finit par l'altérer presque autant que son intempérante voisine ; aussi, le jour de la fête patronale du lieu, chacun est-il tenu, de par un arrêté municipal et sous peine d'amende, de lui porter un verre d'eau pour la rafraîchir. Généralement elle est prise, à la suite de cette orgie aquatique, d'une indigestion et d'une courante telles qu'elle n'a pas trop des 364 jours restants pour se remettre.

La Volane a plusieurs affluents influents et
très poissonneux ; l'on y pêche, pendant la saison et surtout au mois d'avril, beaucoup de
lièvres et de lapins.

Le pays est bâti au fond d'une sorte d'entonnoir et entouré de hautes montagnes, si bien
que, lorsqu'on est en bas, l'on n'y voit pas plus
loin que le bout de son nez. Les promenades
sont nombreuses, pleines de charme et d'im-
prévu. On monte, on descend, puis on remonte
afin de redescendre ; c'est très salutaire après
le *tub*, mais fatigant. Elles ne laissent pas, en
outre, d'être assez dangereuses et la chronique
locale est fidèle en récits d'accidents..... de ter-
rains et de chutes..... d'eau. Aussi avait-on pensé
à mettre, pour la commodité des voyageurs, la
joie des enfants et la tranquillité des parents,
toutes ces encombrantes montagnes dans la
plaine et l'on avait même prié les rivières des
environs de se charger de ce petit travail. On a
dû malheureusement s'arrêter devant des difficultés qu'on n'avait pas soupçonnées de prime
abord.

Le climat est sain et agréable. Il n'est ni aussi
froid qu'au pôle Nord, ni aussi chaud qu'à la
terre de feu. Il est tantôt sec et tantôt humide.
Le vent souffle parfois et le soleil brille à l'occa-

sion. Il y a d'assez fréquents orages..... dans les familles.

Jamais on ne voit à Vals d'épidémies, sauf celles qui sévissent ailleurs : elles font, du reste, peu de victimes et ne frappent guère que les belles-mères, les perroquets, les chiens hargneux et les oncles à héritage.

La faune du lieu est très riche. On n'y rencontre, il est vrai, pas beaucoup de lions, de tigres et de rhinocéros, mais on y voit quantité de bœufs, de vaches, de chevaux, d'ânes, de pourceaux, de chèvres, de moutons, d'écureuils, de têtards et d'escargots.

La flore est des plus belles. On y remarque une foule de plantes rares et notamment le grand bretellier des Indes, en latin *ficus elastica*, le macaronillier comestible, le saucissonnier du Japon et le bouteillier géant, *amphoriferum gigantea*, des îles moluques, apporté, en l'an 2500 avant J.-C., par un célèbre navigateur, dont le nom s'est perdu, et qui remonta la Volane sur un vaisseau à trois ponts et à roulettes. C'est de cet arbre, qui s'est admirablement acclimaté, que proviennent les innombrables bouteilles qu'on récolte dans le pays. Il y a aussi le bouchonnier minor dont les fruits, quand ils sont bien mûrs, servent à obturer les susdites bouteilles.

Les mines et les carrières sont en assez grand nombre aux alentours. Les principales sont les mines de couperose, qui abondent sur le visage des vieilles filles, les mines de plomb de chasse, d'acier poli et de fer forgé. Quant aux carrières, il y en a d'ingrates et de lucratives ; c'est plus particulièrement ces dernières qu'on exploite.

Le commerce et l'industrie sont assez florissants. On vend de tout, le plus cher possible. Quand on achète, on fait autant qu'on peut le contraire. Il se traite, sur la place, beaucoup d'affaires.... d'honneur, et la statistique constate d'importants échanges..... de bons et de mauvais procédés. Les industriels sont généralement industrieux. L'ouvrier est adroit, intelligent et travailleur, à moins qu'il ne soit paresseux, ivrogne et débauché. Le menu peuple se met volontiers en service pour se faire servir par les maîtres, et à Aubenas, ville voisine, les soies même sont en *condition*.

Curiosités naturelles. — On compte, dans le pays, un certain nombre de grottes préhistoriques ou peu s'en faut. Dans chacune de ces grottes sont enfermées de timides naïades, dryades, amadryades, nymphes boccagères et autres qui ont sans doute beaucoup de chagrin d'être ainsi retenues prisonnières à la fleur de leur âge, car elles pleurent constamment, sans préjudice d'autres petits besoins naturels à satisfaire.

Les Valsois, gens pratiques, désespérant de trouver assez d'eau, dans ce qui leur sert de rivières, pour calmer la pépie chronique et épidémique de la colonie étrangère qui, chaque année, se réunit dans leurs murs, se sont avisés de recueillir le produit de ces sécrétions aqueuses dans des bassins où les gens viennent s'abreuver gratuitement, en payant, bien entendu. On dit que cette boisson, extrêmement capiteuse, est souveraine pour les estomacs qui ont perdu leurs illusions.

Il est une de ces malheureuses que l'on a enfermée sous un tas de cailloux qui l'étouffent. Cela lui a probablement donné une dyspepsie aigüe, car elle vomit à chaque instant. Il y en a une autre qui grelotte toujours et a tellement froid, même au cœur de l'été, qu'on est obligé de lui mettre un manchon et un cachenez en gaz...e d'éclairage, pour la réchauffer.

Une troisième est enfermée dans une colonne en pierre, où elle souffre sans doute de coliques venteuses, car elle se livre à de constantes évacuations gazeuses que des mortels convaincus aspirent avec respect à travers de petits tubes

qui ressemblent à des bouts de narghilés suivant les uns, à de vulgaires canules selon les
autres. Une autre enfin à des borborygmes con-
tinuels, ce qui ne prouve pas non plus un excellent état de santé. On s'étonne que les médecins
de l'endroit, si versés dans l'art de guérir leurs
semblables, ne soient pas arrivés à soulager
ces intéressantes malades.

Personnage remarquable. — On peut voir, sur
une des places de la ville, une statue en bronze
représentant une belle femme légèrement vêtue
de quelques roseaux. C'est la statue de la richissime Mme E... G..., de Chicago, une enfant adop-
tive de Vals, morte à l'âge de 27 ans, 9 mois et
1 jour, trop jeune, par conséquent, pour qu'on
puisse la confondre avec la mer Égée. Cette
noble femme, qui avait la poitrine, (et quelle poitrine ! on peut en juger d'après le bronze), cons-
tellée de décorations et de médailles de sauve-
tage, avait consacré sa vie au repêchage des
baigneurs inexpérimentés qui, malgré les recommandations des gens sages, se sont, de tout
temps, exposés à la mort, en se baignant dans
les cailloux de l'Ardèche et de la Volane. Après
avoir ainsi sauvé les jours d'un nombre incalculable d'imprudents, elle finit par être elle-même

victime de son dévouement, en s'efforçant de
retirer d'un trou, où il y avait au moins 50 cen-
timètres d'eau, un monsieur myope et grincheux
qui y était tombé et qui s'obstinait à s'y noyer
pour être désagréable aux Valsois. Par trois fois
elle triompha des résistances de l'entêté. Par
trois fois il s'arracha de ses bras. Fallait-il qu'il
fut..... myope ! Elle le ressaisit une quatrième
fois ; mais ses forces étaient épuisées ; elle ne
put lutter davantage et fut entraînée à son tour !
Quand on apprit ce terrible événement, la douleur fut immense. Ce fut un deuil public. On fit
des funérailles magnifiques à cette femme hé-
roïque et, lorsque les premiers moments de désespoir furent passés, on résolut de fixer à jamais ses traits en les coulant dans le bronze.
L'artiste éminent que l'on chargea de ce soin vou-
lut la représenter en costume de bain, afin de
mieux faire ressortir..... toutes les circonstances
du drame. On ne peut qu'applaudir à cette pensée délicate, à laquelle on doit une œuvre d'art
digne de la vénération des cœurs reconnaissants
et de l'admiration des siècles futurs.

UN BAIGNEUR DANS L'EMBARRAS

UN BAIGNEUR DANS L'EMBARRAS

MONOLOGUE AQUATIQUE

A M. Martin, à Boulbon.

Non ! parole d'honneur, de ma vie je n'ai été aussi embarassé ! Quelle conduite dois-je tenir à l'égard de toutes ces nymphes plus vives, plus piquantes, plus aimables les unes que les autres qui, depuis que je suis dans ce joli petit pays de Vals, conspirent avec une touchante émulation contre mon repos ? Certes, je leur sais gré de leurs soins et je voudrais les reconnaître. Mais comment ne pas faire de jalouses et ne pas passer pour un ingrat auprès des unes ou des autres ? Comment aussi les satisfaire toutes ? Voilà les questions que je ne cesse de me poser, en faisant, sans succès, les plus consciencieux efforts pour les résoudre d'une manière équitable. Hélas ! les forces humaines ont des limites, je ne le sens que trop, et il n'est pas donné à un simple mortel de renouveler certains exploits

mythologiques dont on a entretenu ma jeunesse,
mais dont on a négligé de me donner la recette.
O vous, baigneurs, mes frères, qui m'écoutez,
prenez un peu ma peine en pitié et conseillez-
moi. Voyons, que feriez-vous à ma place ? Comment vous y prendriez-vous pour faire un choix
judicieux et impartial parmi cet essaim d'intéressantes beautés ?

Si la belle *Gabrielle*, l'amie du roi vert galant,
a le don de me captiver ; *Hélène*, la trop ravissante épouse du candide Ménélas, ne me séduit
pas moins. Entre les deux mon cœur balance,
indécis et hésitant, et je ne saurais dire quelle
est la *Préférée*. L'une a une grâce *Incomparable* et
la démarche d'une *Marquise* ou d'une *Duchesse*.
L'autre a une élégance *Souveraine* ; c'est une
Reine, une *Impératrice*. L'une me paraît *Délicieuse*, avec ses grands yeux limpides comme
le *Cristal* et brillants comme le *Diamant*. L'autre
m'est *Précieuse* avec sa pureté de *Perle*. L'une et
l'autre sont deux véritables *Charmeuses* capti-
vantes et irrésistibles. Cependant, la douce *Céles-
tine*, qui a autant de vertu que *Jeanne d'Arc* la
Pucelle et de charité que *Saint-Vincent-de-Paul*,
arriverait presque à les égaler à mes yeux et
ferait plus de *Progrès* encore dans mon cœur,
si son affection n'était un peu *Intermittente*. *Vic-*

torine me plairait aussi beaucoup si elle n'était trop disposée à faire voir du chemin à ses adorateurs et à mener ceux qui veulent la suivre jusqu'à *Constantine* et même plus loin. *Marthe* est moins vagabonde et saurait se contenter de faire, le soir, au clair de lune, un petit *Tour*..... *elle* de promenade dans les allées de *Farincourt* ou dans les *Bosc*....quets du *Parc* et de se reposer dans le *Pavillon*, en rêvant à deux ou en récitant des vers de *Lamartine*. Ce sont là des tendresses calmes qui conviennent aux cœurs *Convalescents* et non de ces passions à *Grande vitesse*, comme peut en offrir l'inconnue qui signe ses billets doux de *Trois étoiles* et dont la conduite hardie fait pâlir de dépit les jeunes et naïves *Vivaraises*, qui constatent avec douleur que les *Renommées* les *Meilleures* ne sont pas toujours ce qui attire le plus les soupirants. A son tour, la reine *Hortense* serait bien capable d'allumer dans mon âme une flamme *Immortelle* et telle..... qu'il faudrait remonter à *Noë* et passer une revue *Universelle* de toutes les belles passions qui ont brillé ici-bas pour trouver sa pareille. Mais la *Pétillante*, l'*Effervescente*, la *Parisienne Augustine* me détourne de cette conquête *Royale* et *Nationale*, en me rappelant vertement que je ne suis pas le jeune et beau Dunois et ses adorables colères me feraient perdre le peu de cervelle qui me reste, si la tendre *Juliette* n'arrivait à temps pour me calmer. Quand elle me chante d'une voix langoureuse et pâmée :

Non, ce n'est pas le jour, ce n'est pas l'alouette.

..... Je m'attache à ses pas et ne veux plus la quitter, surtout si je vois la sévère *Pauline* venir à moi, le regard plein de colère jalouse et murmurant son fameux :

« Je vois, je sais, je crois, je suis désabusée. »

qui me donne la chair de poule. Pour me la faire oublier, il me faut les attraits de la mélancolique *Philomène* et les charmes de la vaporeuse *Victoria*, qui m'offre toutes les séductions d'une captivante *Sultane*. *Amélie*, *Emilie*, deux sœurs, deux blondes suaves, troublent également beaucoup mes nuits, et la divine *Béatrix*, plus fraîche qu'une *Rose*, vient achever leur œuvre, pendant que l'altière *Henriette*, d'Entraigues et de Vals en même temps, l'ennemie jurée de Gabrielle, cherche, par tous les moyens possibles, à supplanter ses rivales ; mais alors, je résiste avec le courage d'un *Alexandre* et j'appelle à mon aide tous les saints du paradis. Bientôt accourent, pour me protéger, *Saint-Louis* (*du bois*), *Saint-Pierre* avec ses clefs, *Saint-Georges* et son dragon, *Saint-Jean* armé de son apocalypse, *Saint-Michel* suivi de sa milice sacrée. A ce moment la superbe *Elisabeth* paraît. Tout s'efface et je ne vois plus qu'elle ; je n'ose même plus me tourner du côté de la douce *Marie*, si délaissée, encore qu'elle ait beaucoup de *Cachet-vert*, ni écouter les serments de la bonne *Françoise*, l'*Alsacienne*. Cependant, la sémillante *Mireille* veut, à toute force, m'offrir son annelet de verre, pour faire pièce à la *Madeleine* éplorée à qui il sera beaucoup pardonné et qu'écarte brusquement l'orgueilleuse *Alexandrine*, qui, me prenant pour son valet de pied, me dit d'un ton sans réplique : « *Dominique*, ramassez mon mouchoir ». Enfin, la cruelle *Chloé*, dont je voudrais tant être le Daphnis et dont le cœur est dur comme le *Rocher*, me répond impertinemment, en faisant sa *Sophie*, qu'elle est la *Favorite* des *Princes* et que je ne suis pas son fait.

Mais un rayon du ciel m'illumine ! *Victoire* ! j'ai trouvé. Je me contenterai de m'égarer dans les bois, tout en cueillant un *Bouquet* de *Fleurs de Vals* et de roucouler avec *Rigolette* la *Galloise*, qui est encore la plus *Désirée*, bien qu'elle soit *Camuse* et qu'elle fasse aller tout le monde.

AUX VIVARAISES

AUX VIVARAISES

ON M'A PRIS MA PLACE

A M. Marthe, à Avignon.

PERSONNAGES

Un baigneur entre deux âges, petit plutôt que grand, maigre plutôt que gras, plus laid que beau, avec moustaches grisonnantes, sourcils broussailleux et toujours froncés, teint brouillé, lunettes d'or à verres bleus, ombrelle verte, pardessus et foulard de soie sur le bras, venu à Vals pour soigner ses rhumatismes et améliorer son caractère.

Un autre baigneur quelconque, assis sur une chaise et lisant un journal, en fumant un cigare.

Le premier baigneur descend lentement des quinconces, le nez en l'air et se dirige vers le second baigneur qu'il n'a pas encore vu. Tout à coup il l'aperçoit et s'arrête pétrifié.

— Allons bon !..... Voilà qu'on m'a pris ma place... C'est bien amusant... Il y a des gens qui sont d'un sans-gêne ! Comme si ce..... Monsieur ne pouvait pas aller s'asseoir ailleurs.

Il se met à faire rageusement les cent pas en long et en large et lance des regards furibonds au second baigneur, chaque fois qu'il passe devant lui. Tout en marchant, tantôt il met, tantôt il retire son pardessus et son foulard ; il relève ou abaisse le col de son paletot, il ouvre ou ferme son ombrelle, suivant qu'il se trouve au soleil ou à l'ombre. Il continue à monologuer, pendant que le baigneur N° 2 poursuit imperturbablement la lecture de son journal, en poussant des bouffées régulières et paisibles.

— Il ne manque pourtant pas de chaises ni de bancs ici... Non, mais voilà,... c'est cette place qu'il fallait à ce... Monsieur .. Une place que j'ai eu tant de peine à trouver !... Enfin la seule, quoi, où l'on soit à peu près bien... Je me suis mis d'abord sur le banc qui est entre l'escalier et la rivière. On n'y est pas mal, quand le vent d'Est ne souffle pas... Lorsqu'il souffle, par exemple, il n'y fait pas bon. Il vient par la coupée un petit air glacé qui réveille instantanément mes névralgies... . Et puis, le grincement du sable sous les pieds des gens qui montent ou qui descendent est tout ce qu'il y a de plus agaçant..... Je me suis assis en face..... Là, quand le vent vient du Nord, on a les reins gelés.... J'y ai attrapé un lumbago..... Plus loin, le dos à la cascade, on est assez bien..... seulement, lorsque le vent est au Nord-Est, il vous saute des gouttes d'eau dans le cou..... C'est on ne peut plus désagréable et malsain..... A gauche, à l'entrée des grottes, il y a un petit enfoncement où l'on serait assez confortablement, n'était tout ce monde qui passe et repasse. Ça m'étourdit..... Au bout d'un quart-d'heure, j'ai des vertiges... Au milieu, on est tout le temps au soleil.. ...Il fait trop chaud... ça me donne la migraine... Dans les grottes, il fait humide ; c'est très mauvais pour ma sciatique... En outre, c'est le quartier général des malades. Ils ne cessent de parler de leurs douleurs. C'est assommant. — Pourquoi n'allez-vous pas aux quinconces ? me dira-t-on... Là, il y a du large. Vous trouverez dix places pour une... — Ah ! oui, parlons des quinconces ! Je n'y suis allé qu'une fois et j'ai bien juré qu'on ne m'y rattraperait plus. D'abord, il y a trop d'ombre. Ensuite, on a toujours dans les jambes un tas d'enfants, qui jouent, piaillent, courent ; c'est insupportable ! Sans compter les joueurs

de boules et de croquet qui font un tapage infernal et qui vous envoient, à chaque instant,
des projectiles dans les tibias..... Non, ce n'est
pas précisément là l'idéal... Mais là... là, où est-
ce... Monsieur, contre la pile de la passerelle.
C'est la vraie place... la seule... On n'est jamais
dérangé, par personne... A mesure que le soleil
tourne, la pile vous donne un peu d'ombre...
pas trop..... On est au frais, sans avoir de cou-
rants d'air... De plus, on voit tous les gens qui
débouchent de l'escalier ou qui arrivent par la
rampe... On peut faire des études comparatives
sur les pieds des baigneuses. On commande
aussi la passerelle et, dès qu'il y a la moindre
brise, eh ! bien... on a le plaisir de pousser ses
études un peu plus loin... ou un peu plus haut.
Si cela ne guérit pas les rhumatismes, ça ne
leur fait pas de mal non plus... à cette distance
surtout, et c'est toujours amusant.

Il s'arrête et contemple le second baigneur
avec une indignation croissante.

— Décidément, il ne s'en ira pas..... Il est
rivé... inamovible, comme un sénateur..... D'où
peut-il bien sortir ?..... Je ne l'ai pas encore vu
et, pourtant je connais tous les baigneurs.....
C'est quelque nouveau débarqué...... autre-

ment il saurait que cette place est la mienne et il ne l'aurait pas prise.

Il se remet à marcher.

— Combien de temps vais-je être obligé de me promener ainsi ? Les pieds me font mal et mes cors me donnent des élancements..... Il n'est vraiment pas intelligent, ce.... Monsieur pour ne pas comprendre que j'attends..... Il lit son journal, peu lui importe le reste..... Libre aux autres de souffrir, pourvu qu'il se carre et se prélasse..... Qu'est-ce que ça lui fait ? Il est plongé dans la politique et quelle politique !... La politique de *l'Intransigeant* ! C'est peut-être un disciple de Ravachol..... Si je le faisais arrêter ?... Non ; cela demanderait trop de temps et me fatiguerait..... Il vaut mieux essayer de la persuasion. Approchons..... Hum !..... Hum !..... Monsieur. ... Il ne bouge pas. Ce que c'est que d'être absorbé par la lecture de *l'Intransigeant* !... Après ça, il est peut-être sourd... Eh ! Monsieur.....

Le second baigneur sursaute sur sa chaise.

— Monsieur ? Vous désirez ?

Le premier baigneur tire un cigare de sa poche.

— Voudriez-vous me donner du feu ?

— Avec plaisir.

— Voilà qui est fait. Je vous remercie, Monsieur.

— Cela n'en vaut pas la peine.

— Il fait bien beau, aujourd'hui.

— C'est vrai. Un temps splendide !

— Du reste, nous avons une série superbe. Il y a longtemps que vous êtes à Vals ?

— Depuis deux jours seulement, Monsieur.

— (*A part.*) C'est bien cela. (*Haut*). — Je me disais aussi que je ne vous avais pas encore rencontré et, à Vals, on n'est pas longtemps sans se voir.

— En effet, le pays n'est pas grand.

— Non ; mais il est charmant.

— C'est ce qu'il me semble, autant du moins que j'ai pu en juger jusqu'ici.

— Vous êtes venu ici sans doute pour vous soigner ?

— Oui, monsieur. Je souffre de coliques hépatiques.

— Les eaux sont véritablement souveraines pour ces sortes d'affections.

— Je me sens, effectivement, déjà mieux.

— Seulement, il faut une grande régularité dans le traitement.

— On me l'a dit.

— Oh! c'est indispensable. Le moindre écart peut tout compromettre. Vous prenez sans doute les eaux à intervalles déterminés ?

— Oui, Monsieur, le matin à jeun, trois verres à une demi heure d'intervalle chacun.

— Eh ! bien, il est de toute nécessité d'observer scrupuleusement le délai indiqué.

— Oh ! à quelques minutes près, cela ne doit pas avoir une bien grande importance.

— Quelle erreur ! Un retard de cinq minutes entre deux verres peut faire perdre le bénéfice de tout un traitement.

— Vous croyez ?

— (A part). Ça mord. (Haut). Je vous assure. Les malades ne se rendent pas assez compte de l'importance de ces petits détails et, en les négligeant, ils s'exposent, non seulement à ne pas guérir, mais même à aggraver leur état.

— Pas possible !

— Quand je vous le dis. Croyez-en mon expérience. Voilà dix ans que je viens à Vals. (A part). Ce n'est pas vrai, mais cela ne fait rien.

— Il est certain que, s'il en est ainsi, vous devez être mieux au fait que moi.

Là-dessus, le second baigneur laisse tomber son journal pour prendre sa montre et regarde l'heure avec inquiétude.

Le premier baigneur (*à part*). — Il a mordu.

Le second baigneur. — Monsieur, je vous suis bien reconnaissont de vos conseils. Je vois que je suis un peu en retard pour mon troisième verre. Je cours. J'ai bien l'honneur de vous saluer.

— Au revoir, Monsieur.

Le second baigneur part à la hâte, en oubliant son journal et en regardant de nouveau sa montre.

Le premier baigneur. — Ça y est ! L'affaire a été comme sur des roulettes. Ce que c'est que la persuasion ! Il n'y a encore que ça.

Il s'assied tranquillement, s'installe confortablement à l'ombre, prend le journal, le déplie et se plonge, à son tour, dans la politique de l'*Intransigeant*, en tirant des bouffées régulières et paisibles. Il triomphe ; il a repris sa place.

A L'INTERMITTENTE

A L'INTERMITTENTE

À M. Paul-Fernand MICHEL, à Orange.

Un baigneur très bien mis, décoré d'une rosette multicolore, assis sur une chaise, près de la balustrade de l'Intermittente et lisant distraitement le guide-bijou de Vals, donne, à chaque instant, des signes d'impatience. Il ferme son livre, consulte sa montre, puis observe attentivement l'entonnoir basaltique au centre duquel jaillit la source. Il reprend son livre, le feuillette, le referme, se lève, va regarder le tableau sur lequel est inscrit l'heure où la susdite source doit se montrer, consulte encore sa montre et vient se rasseoir en grommelant.

Les promeneurs, qui, d'abord, avaient afflué autour de l'Intermittente, perdent également patience et se retirent les uns après les autres. Bientôt il ne reste plus que quelques intrépides dont le nombre diminue peu à peu et un gros homme ventripotent, monté sur de courtes jambes, coiffé d'un képi galonné, vêtu d'une redingote à boutons dorés et qui déambule lentement, en fumant sa pipe.

Le baigneur se lève de nouveau, enfouit le guide de Vals dans sa poche d'un air furieux et se met à monologuer, tout en se promenant. — Décidément, c'est pis que jamais!..... Une heure de retard!. ... D'après l'écriteau, elle devait paraître à deux heures, il en est trois et rien ne bouge!..... C'est vraiment par trop se moquer du monde! Quand on pense que voilà quinze jours que cela dure!... Lorsque je suis arrivé, à peine étais-je débarqué qu'on m'a tout de suite rebattu les oreilles de l'Intermittente. L'Intermittente par ci, l'Intermittente par là. Avez-vous vu l'Intermittente? — Non, pas encore. — Vous n'êtes guère curieux! Allez donc voir l'Intermittente. C'est la première chose à faire. — Mais à quelle heure jaillit-elle? — Toutes les trois heures à peu près. — Du reste, c'est marqué sur un écriteau. — Et c'est joli? — Si c'est joli! — Est-ce qu'elle monte bien haut? — Ah! je le crois! Souvent à dix mètres, parfois à quinze principalement au fort de la saison. Lors de la visite des ministres, il y a un mois, elle est montée au moins à vingt mètres. D'ailleurs, vous n'avez qu'à acheter le guide bijou, vous y trouverez tous les renseiments nécessaires. — Sur ces assurances, j'achète donc le guide bijou et, après l'avoir consciencieusement compulsé, je m'empresse de venir voir l'Intermittente. J'arrive juste comme elle finissait de jaillir ! — Affaire manquée, me dis-je ; je reviendrai dans trois heures. — Je reviens, en effet. Je consulte l'écriteau et je vois avec plaisir que cette fois, je suis en avance de quelques minutes. Je m'installe et j'attends. Dix minutes, un quart d'heure s'écoulent, rien ; vingt minutes, une demi heure, rien. J'avais un rendez-vous, j'étais en retard ; je pars. Dans l'après-midi, je fais une nouvelle tentative. Mais j'avais, sans doute, mal pris mes mesures, car j'arrive trois quarts d'heure trop tard !..... Le lendemain, le surlendemain, même histoire. Chaque fois la source avait jailli, ou elle allait jaillir, mais ne jaillissait pas... Pendant toute une semaine, ce fut ainsi. Tantôt c'était l'heure du déjeuner ou celle du dîner qui me la faisait manquer. On ne pouvait pourtant pas laisser brûler les côtelettes ou le rôti et avaler sa confiture de travers. Tantôt c'était le bain, ou la douche, ou les eaux, ou la visite du médecin, ou la sieste, ou le théâtre..... Enfin, un jour, rien ne me pressait ; j'étais décidé, comme aujourd'hui, à attendre autant qu'il le faudrait. On

disait autour de moi que la source devait monter très haut. Pourquoi ? Je n'en sais rien. Peut-
être y avait-il dans la foule quelque grand
personnage incognito. Toujours est-il que je
n'aurais pas donné ma place pour un empire.....
Tout à coup, je me sens pris d'horribles coliques... Les eaux vous jouent de ces tours là.
Je pâlis, je deviens jaune, vert, gris ; je roule
des yeux effarés ; je grince des dents ; je lutte
tant que je peux pour ne pas m'en aller ; mais,
vaincu à la fin, je suis obligé de me précipiter
à la recherche de ce que l'on ne trouve jamais
assez tôt dans ces cas là... A mon retour, j'apprends que la source vient de paraître et j'entends tout le monde s'extasier sur la hauteur à
laquelle elle s'est élevée. On conviendra que
c'était vexant !..... d'autant plus que je finissais
par ne plus oser avouer que je n'avais pas
encore vu cette invisible Intermittente. Les gens
à qui j'avais l'imprudence de le dire me regar-
daient de travers et trouvaient que j'étais
d'une indifférence injurieuse pour les curiosités
du pays. Mon hôtelière, surtout, me battait
froid et cela me faisait de la peine, attendu
qu'elle me plaisait beaucoup, étant fort jolie.
Un jour, cependant, comme je passais par
hasard, j'entends quelques gargouillements. je

m'arrête, je m'approche, la foule s'amasse. — C'est elle, s'écrie-t-on ; la voilà ! Elle va se montrer. — Enfin je vais donc pouvoir admirer cette magnifique gerbe ! Presque aussitôt, en effet, l'eau paraît, s'élève un peu au dessus de l'orifice de l'entonnoir, retombe, remonte péniblement, atteint presque la hauteur d'un mètre pour retomber encore ? par un suprême effort, elle s'élève un peu plus haut, puis s'affaisse épuisée. Elle crache, souffle, tousse, éructe, se démène, exhale des soupirs aussi bruyants que peu parfumés, recommence ce manège cinq ou six fois, et, finalement, disparaît. — Comment, fais-je étonné, c'est tout ? — Mais oui, me dit un voisin ; généralement, elle ne monte pas plus haut, surtout à l'arrière saison. — Ce n'était vraiment pas la peine de se donner tant de mal !... Si j'avais su ! — Quand j'ai raconté cela à mon hôtelière, elle a haussé les épaules, et m'a lancé un coup d'œil de mépris qui m'a été jusqu'au fond du cœur !... Alors, j'ai résolu de me réhabiliter dans son esprit et d'arriver, coûte que coûte, à voir cette Intermittente dans sa splendeur, quand je devrais m'installer ici à poste fixe, et y rester jour et nuit, s'il le faut..... J'ai commencé aujourd'hui.... *(Il regarde sa montre.)* Trois heures et demie !.... Voilà plus

d'une heure et demie que je suis là.....
Non! c'est à n'y pas croire..... Ces dérange-
ments dans les fonctions naturelles et périodi-
ques de cette nymphe sont bien singuliers! Ils
doivent être sûrement l'indice de désordres
profonds dans son organisme... Si j'interviu-
vais un peu le képi galonné qui promène là bas
son ventre. C'est lui qui marque sur le tableau
les heures où la source est censée apparaître.
C'est sans doute un représentant de cette administration que l'Europe nous envie, lorsqu'elle
n'a rien de mieux à faire..... Il sera peut-être
au courant.

Il s'approche du képi.

— Pardon, monsieur, voudriez-vous me donner un renseignement ?

Le képi le toise d'un air protecteur, l'examine
à loisir de haut en bas, tire sa pipe de sa bouche, se débarrasse d'un excédant de salive qui
le gênait et daigne enfin faire entendre sa voix :

— Que désirez-vous, Monsieur ?

Le baigneur, avec un sourire aimable. — Je
voudrais savoir à quel moment la source jaillira.

Le képi. — Voyez ; c'est écrit sur le tableau.

Le baigneur. — Je sais ; mais, sur le tableau,
il y a deux heures et il est trois heures et demie.

Le képi, remet sa pipe dans sa bouche en faisant un geste aussi vague que complexe qui doit signifier qu'il s'en lave les mains.

Le baigneur, poursuivant : — C'est bien vous qui inscrivez les heures sur le tableau ?

Le képi, secouant la cendre de sa pipe sur l'ongle de son pouce et constatant avec regret qu'elle est éteinte. — Oui, monsieur.

Le baigneur. — Alors, comment expliquez-vous ces retards ?

Le képi, d'un air rébarbatif. — Monsieur, il faut vous adresser pour ça au Directeur des eaux ; moi, je ne suis que le régisseur.

Le baigneur, conciliant. — Mais, ne pouvez-vous me dire ?...

Le képi, de plus en plus rébarbatif. — Il nous est formellement interdit, sous peine de révocation, de donner aux étrangers des détails sur le fonctionnement des sources.

Le baigneur (à part). — Allons, je vois que je n'obtiendrai rien si je n'emploie pas les argumsnts persuasifs.

Il met la main à son gousset et en retire un louis qu'il glisse dans celle du régisseur. (Haut). Voyons, mon ami, vous pouvez parler sans crainte. Je suis du bâtiment. Je suis inspecteur des eaux de pluie et des cataractes et j'ai été envoyé à Vals en mission secrète par le ministre des irrigations internationales.

Le régisseur, qui a adroitement escamoté la pièce d'or, tire rapidement son képi avec les marques du plus profond respect. — Monsieur l'Inspecteur, je suis à votre disposition ; mais je pense que vous n'oublierez pas que je suis un pauvre père de famille et que je n'ai que ma place pour nourrir mes enfants.

Le baigneur, protecteur à son tour. — Soyez tranquille, mon ami. Remettez donc votre képi.

Le régisseur, se couvrant. — Je vous remercie, Monsieur l'Inspecteur. Excusez-moi si je vous demande la plus grande discrétion. Si ces messieurs du comité savaient que je divulgue ces choses-là, ils me casseraient sans pitié.

Le baigneur, très protecteur. — Comptez sur moi et expliquez-vous sans crainte. Et d'abord, asseyons-nous.

Il prend un siège et attend que le régisseur soit parvenu à étayer à peu près convenablement sa rotondité sur une de ces chaises à équilibre instable dont Vals semble avoir le monopole.

— Bien : maintenant, parlez-moi franchement.

Cette source a-t elle souvent de pareilles défaillances ?

Le régisseur. — Très souvent, depuis quelques années. Autrefois, quand elle était naturelle, elle jaillissait bien plus régulièrement.

Le baigneur interloqué. — Comment naturelle? Que me contez-vous là ?

Le régisseur. — La vérité et, si vous voulez me prêter quelques moments d'attention, vous en serez convaincu. Figurez-vous qu'il y aura dix ans dans le mois de novembre prochain, une tempête épouvantable éclata sur toute la région. Pendant cette tempête, qui dura plus d'une semaine, tous les éléments semblèrent confondus ; la terre trembla et le bassin des eaux fut complètement submergé. Je me le rappelle comme si c'était hier. C'était une vraie désolation. Lorsque l'ouragan se fut calmé, on s'aperçut avec stupeur que l'Intermittente ne jaillissait plus. On crut que ce n'était qu'un arrêt momentané, mais on se trompait. Un mois passa sans que la source reparut. Il n'y avait pas à s'illusionner plus longtemps, elle était tarie ou perdue. Tout le pays fut consterné, car l'Intermittente, voyez-vous, c'est la moitié de Vals. Heureusement, on était en hiver. On pouvait tenir la chose cachée pendant un certain temps, peut-être même jus-

qu'à l'ouverture de la saison. Mais après ? Que
ferait-on ? Ces messieurs du comité étaient affo-
lés. Ils se réunissaient tous les jours ; ils discu-
taient, faisaient de beaux discours, rédigeaient
des mémoires, proposaient une foule de solutions
sans en adopter aucune, se disputaient, don-
naient leur démission, la reprenaient, s'arrachaient les cheveux lorsqu'ils en avaient et
s'envoyaient à tous les diables. Un jour, après
une séance particulièrement orageuse, un homme du pays, un vieux sauvage qui passait pour
sorcier, et qui vivait dans une masure, entouré
de chats, de chiens, de corbeaux et de hiboux,
se présenta au comité et demanda une audience.
Ayant été admis, il s'engagea à faire jaillir de
nouveau la source, si on voulait lui promettre
10,000 francs et lui laisser carte blanche. Comme
on ne savait plus à quel saint se vouer, on ac-
cepta. Aussitôt, celui-ci réunit tous les ouvriers
qu'il put trouver dans le pays et se mit à l'ouvrage. Pendant quatre mois on travailla sans
relâche ; jour et nuit on creusa des tranchées,
des puits, des galeries, des bassins. On posa des
tuyaux, des siphons, des robinets. De son côté,
le directeur du grand établissement de bains,
un ancien ingénieur, membre du comité, qui
avait eu avec le vieux une longue conférence,

apportait à la machinerie des bains et des douches de grandes modifications, nécessitées, disait-
il, par l'augmentation toujours croissante du
nombre des baigneurs et le développement de
la station. Il y installait de mystérieux appareils
et notamment un énorme récipient qui ressem-
blait vaguement à un gigantesque clysopompe
et dont on ne pouvait s'expliquer l'usage. On
arriva ainsi aux premiers jours d'avril. La saison
allait s'ouvrir et le comité ne cachait pas son
anxiété, lorsque le vieux annonça que tout était
terminé et que la source était prête à fonctionner. — Ça n'ira jamais, dit-il, comme par le
passé, mais ça ira. — Et le fait est que, quelques
jours plus tard, en présence du comité et de
toute la population de Vals, l'Intermittente faisait son apparition La situation était sauvée.
On vota des remerciements unanimes au vieux
qui empocha ses 10,000 francs et une forte gratification et retourna à sa ménagerie. Cependant
il fallut reconnaître que ça n'allait pas, en effet,
comme autrefois. Tantôt l'Intermittente jaillissait très haut, peut-être plus haut qu'auparavant, tantôt la gerbe ne dépassait pas la hauteur
de la balustrade. Toutefois, on constatait qu'à
mesure que la saison avançait, son débit aug-
mentait, se régularisait et qu'elle devenait de

plus en plus belle. Comment cela se faisait-il ?
Personne ne pouvait le comprendre et moi-
même je l'aurais toujours ignoré si je n'avais
été, grâce à de hautes protections, nommé, peu
après, régisseur des eaux. Mais, je ne sais pas
si je dois continuer.....

Le baigneur, d'un ton paternel. — Parlez
mon ami ; n'ayez pas peur. Je suis le tombeau
des secrets.

Le régisseur, très hésitant. — C'est tellement
grave !...

Le baigneur — Je puis tout entendre.

Le régisseur, résolu. — Non, décidément, il
vaut mieux que je me taise.

Le baigneur, faisant la grimace (*A part.*) —
Bigre ! ça va finir par devenir cher. Enfin......

Il fouille une seconde fois dans son gousset et
glisse un autre louis dans la main du régisseur
qui l'escamote aussi adroitement que le premier (*Haut, avec sévérité.*) — Mon ami, vous en
avez trop dit pour ne pas achever. Songez que
vous laissez le champ libre à toutes les suppo-
sitions.

Le régisseur — Eh bien, puisque vous
l'exigez...

Le baigneur. — Je l'exige.

Le régisseur. — Je poursuis. Vous avez cru,

jusqu'à présent, n'est-ce pas, que ce qui jaillit là, de ce trou, c'est l'Intermittente ?

Le baigneur, le regardant, surpris. — Sans doute.

Le régisseur, mystérieusement. — Détrompez-vous.

Le baigneur, stupéfait. — Comment ?

Le régisseur, de plus en plus mystérieux. — Il n'y a plus d'Intermittente. On ne l'a pas retrouvée.

Le baigneur. — Allons, vous voulez vous moquer ?

Le régisseur, avec dignité. — Monsieur l'Inspecteur, je ne me permettrais pas une plaisanterie aussi déplacée de vous à moi.

Le baigneur se gendarmant. — Mais, pourtant, cette eau qui s'élève parfois à si grandes hauteur, dit-on, cette eau, dont l'odeur est si caractéristique !.....

Le régisseur. — Eh bien cette eau... (*Regardant autour de lui et baissant la voix*) vient du grand établissement des bains.

Le baigneur. — Vous dites ?

Le régisseur. — Du... grand... établissement... de... bains.

Le baigneur, écarquillant les yeux. — Je ne comprends pas.

Le régisseur. — Vous allez comprendre. Vous savez, comme moi, combien est grand l'usage que l'on fait des eaux de Vals, tant en boisson que sous forme de bains. Autrefois, on ne tirait aucun parti de l'eau des baignoires qui, lorsquelle avait servi, s'en allait simplement à la rivière. C'est cette eau qu'on a utilisée. Des baignoires, elle se rend dans le récipient dont je vous ai parlé et là, grâce à ces mystérieuses machines installées par le Directeur, elle est épurée d'abord, cela va sans dire, puis lancée dans les tuyaux et les syphons qui aboutissent à l'orifice de l'entonnoir, d'où elle jaillit dans les airs. On a imité si bien le débit naturel de l'ancienne source que chacun y est pris. Seulement la hauteur et le volume de la colonne d'eau sont forcément en proportion du nombre des bains donnés. C'est ce qui fait que le jet varie suivant l'heure de la journée et le moment de la saison.

Le baigneur, abasourdi. — Ah !... Très bien... J'y suis. Mais..... pardon, pourquoi n'a-t-on pas pris l'eau dans la Volane ?

Le régisseur. — Il fallait bien en laisser un peu pour les poissons.

Le baigneur, convaincu. — C'est juste. Le fait est que l'illusion est complète. Tout y est jusqu'à l'odeur. Comment a-t-on pu faire pour imiter ce..... parfum ?

Le régisseur — Ah ! ça, je ne sais pas. Cependant il m'est venu souvent une idée que je vous demande la permission de vous soumettre, avec tout le respect que je vous dois.

Le baigneur, très cordial. — Soumettez, mon ami.

Le régisseur. — Vous n'ignorez pas que les bains que l'on donne à Vals sont très longs.

Le baigneur. — En effet ; c'est, paraît-il, une condition de leur efficacité.

Le régisseur. — Or, ça n'est pas amusant de rester comme ça dans l'eau, pendant plus d'une heure quelquefois.

Le baigneur. — Oh ! non. J'en sais quelque-chose.

Le régisseur.. — Les baigneurs s'ennuient là dedans et dam', quand on s'ennuie.....

Le baigneur. — Eh bien ?

Le régisseur. — Eh bien, on pousse des soupirs. Alors, je me suis imaginé que ces soupirs là pourraient bien y être pour quelque chose.

Le baigneur, illuminé. — C'est pourtant vrai ! Je n'aurais jamais pensé à cela...Tout de même, savez-vous que, lorsque les ministres sont venus, ils n'ont pa dû trouver que ça sentait trop bon !

Le régisseur, scandalisé. — Oh ! Monsieur l'inspecteur, pour qui nous prenez-vous ? L'eau avait été prudemment parfumée au corylopsis du Japon.

Le baigneur. — Ah ! vous m'en direz tant !

Le régisseur. — Et puis, j'ai su, par un de mes cousins, qui est chauffeur à l'établissement, que, ce jour là, on n'avait pas accepté aux bains les gens qui avaient ce que les médecins appellent, je crois, une dyspepsie flatulente. J'ai pensé, que c'était probablement parce que cette maladie rend ceux qui en sont atteints fort tristes et les fait, par suite, beaucoup soupirer.

Le baigneur. — Parfaitement raisonné et alors, ce jour là aussi, on a eu beaucoup de pression, puisque la source a monté si haut.

Le régisseur. — On avait emprunté l'eau dès deux autres établissements de bains, à l'aide d'une canalisation établie pendant la nuit.

Le baigneur. — A merveille ! Maintenant je suis fixé. Cependant, il y a encore un point sur lequel je voudrais avoir une explication. Comment se fait-il que les heures que vous inscrivez sur le tableau ne soient pas plus exactes ?

Le régisseur. — Il m'est recommandé de laisser une certaine latitude, parce que les gens viennent consulter l'heure et, quand ils voient que le moment approche, ils attendent. Pour se distraire, ils lisent le tarif des consommations du café que vous voyez affiché là et ça leur donne l'idée d'aller se rafraîchir.

Le baigneur, tirant sa montre. — C'est fort bien, seulement je trouve que votre latitude dépasse un peu la permission. Savez-vous que voilà près de deux heures et demie que je suis là !

Le régisseur. — Mais, Monsieur l'inspecteur, la source venait de fonctionner, lorsque vous êtes arrivé.

Le baigneur, vexé, se levant et se disposant à partir. — Charmant ! Elle peut se vanter de m'avoir fait poser, votre source !

Le régisseur, le retenant. — Monsieur l'inspecteur, j'aurais un service à vous demander.

Le baigneur. — Faites donc, mon brave.

Le régisseur. — Ce serait, si vous voyez ces messieurs du comité, de me recommander pour une petite gratification.

Le baigneur, discrètement narquois. — Je vous le promets. (Il s'en va.) S'il compte dessus !..... Il n'est pas encore content de ses quarante francs !..... C'est égal je ne regrette pas mon argent, car j'ai appris des choses bien curieuses. Comme on trompe le public pourtant !

Le régisseur, regardant le baigneur s'éloigner et faisant sauter ses deux louis dans sa main. — La gratification est peut-être problématique ; mais, en tous cas, voilà quarante francs qui n'ont pas été difficiles à gagner. Si ces aubaines là se renouvelaient de temps en temps, ça mettrait joliment du beurre dans mes épinards. Malheureusement, on ne trouve pas souvent des inspecteurs des eaux de pluie et des cataractes et les simples mortels sont moins généreux.

Il remet ses jaunets dans sa poche, tire sa pipe, la bourre savamment, l'allume de même, va inscrire sur le tableau l'heure de la prochaine apparition de la source et recommence à promener son ventre d'un air important et satisfait.

Nota. — Le baigneur n'a rien eu de plus pressé que de raconter ce qui précède à sa jolie hôtesse. Mal lui en a pris ! Celle-ci s'est mise dans une colère affreuse, l'a traité de vil calomniateur, de suppôt du démon, l'a menacé de faire connaître sa conduite à tout le monde et lui a fait, enfin, une telle scène qu'il a quitté précipitamment le pays ne s'y trouvant plus en sûreté.

Les jolies femmes sont parfois terribles !

LA

STATION DE PÉNITENCE

LA
STATION DE PÉNITENCE

A M. Robert BERNIER, à Hyères.

PREMIÈRE PARTIE

On croit généralement que c'est au Tartare, ce lieu horrible situé dans les profondeurs du globe terrestre, fermé par des portes d'airain, entouré par le Phlégéthon et gardé par Cerbère, que sont réunis les méchants condamnés par Minos, le juge des Enfers, à des supplices variés que les furies se chargent d'appliquer, avec ces raffinements ingénieux dont les personnes du sexe sont coutumières. C'est une erreur. Autrefois, en effet, il en était ainsi ; mais le progrès, qui a changé toutes choses, n'a pas été sans étendre son influence jusqu'aux sombres bords eux-mêmes. En raison de l'accroissement incessant de la clientèle, Pluton s'est vu contraint de créer de nombreuses annexes ou succursales.

Ces succursales sont répandues un peu partout, aussi bien à la surface de la terre que dans ses flancs, et il s'en trouve quelquefois dans les endroits où l'on se douterait le moins qu'elles puissent exister.

Mais, je vois déjà Messieurs les esprits forts, qui ne veulent rien admettre sans preuves, hausser les épaules, en lisant ce qui précède et me traiter de visionnaire ou de mauvais plaisant. Je n'ai pas, il est vrai, l'autorité d'un Homère, d'un Virgile ou d'un Dante Allighieri, et je n'ai certainement pas la prétention d'être cru sur parole, lorsque j'avance des choses en apparence invraisemblables. Cependant l'on voudra bien, je l'espère, considérer qu'il m'a été donné, par une faveur toute spéciale et bien rare, de visiter une de ces succursales et que, par suite je n'affirme rien que je n'aie vu, de mes yeux vu.

Je dois dire d'abord que je suis très lié avec le roi des Enfers, ce qui n'a rien d'étonnant de la part d'un mécréant de mon espèce et ce dont je n'ai, d'ailleurs, pas à rougir, Satan étant, au demeurant, un fort honnête démon qui n'a jamais eu aucun carnet de chèques sur la conscience.

Or, il y a quelques années, je faisais un voyage d'exploration dans l'Ardèche, où je voulais recueillir divers échantillons de minéraux, des spécimens de la flore du pays et des vues photographiques des lieux principaux. Parti du Mézenc, je me rendais, par petites étapes, au Coiron. J'étais arrivé à Montpezat et je me disposais à gagner Thueyts, tout en visitant la Gravène, pour me diriger ensuite sur Vals où j'avais déjà fait plusieurs saisons et où je voulais me reposer quelques jours. Mais le temps, qui avait été très beau jusque là, finit par se gâter. Un violent orage éclata et force me fut de m'arrêter. J'avais heureusement, pour une famille de l'endroit, une lettre de recommandation d'un curé de mes amis, car, si je suis bien avec le diable, je ne suis pas mal non plus avec quelques-uns de ses plus zélés pourvoyeurs. Je me présentai et, sur la recommandation du curé, mes hôtes me reçurent à bras ouverts et me donnèrent leur plus jolie chambre, dans la vaste cheminée de laquelle je trouvai, lorsque le moment fut venu de me retirer, un feu brillant et clair qui réjouissait la vue et qui était loin d'être à dédaigner, bien qu'on ne fût cependant encore qu'au mois de septembre.

Il était à peu près onze heures du soir. Je n'avais pas envie de dormir. Je m'installai confortablement dans un fauteuil, au coin du feu, et je pris un livre. Une heure environ passa ainsi. J'avais fermé mon livre et j'écoutais la pluie battre les vitres et le vent hurler. Bercé par cette harmonie d'une mélancolie intense, je sentais mes yeux s'appesantir et mon front s'incliner peu à peu sous le souffle de Morphée. J'allais prendre le parti de me coucher, quand, au premier coup de minuit qui sonnait à une église voisine, il se fit un grand bruit dans la cheminée dont le feu s'éteignit subitement, en même temps que ma chambre s'emplissait d'une épaisse fumée. — Oh oh! fis-je, en me levant, mon vieux Pluton doit avoir quelque chose à me faire savoir. — Au bout d'un instant, la fumée s'étant dissipée, je vis devant moi un jeune et joli diablotin. Je dis joli, en tant que diable, car, assurément, il n'aurait pas séduit notre mère Eve, avec ses petites cornes de bouquetin, ses oreilles pointues, son nez retroussé, ses lèvres rouges comme de la braise et ses yeux ardents et ce n'est pas lui qui aurait pu la décider à croquer la pomme au nez et à la barbe d'Adam. Ah! qu'auraient pensé mes hôtes s'ils avaient pu l'apercevoir et s'ils avaient vu l'ami du curé en semblable compagnie! Pour moi, je ne me montrai nullement surpris et j'attendis que mon étrange visiteur daignât s'expliquer.

— Seigneur, me dit-il d'une voix grêle et sautillante, en s'inclinant jusqu'à terre, je suis le démon Amaquam de la tribu des Fonticoles et de la section des Hydrides. Le prince des démons, Asmodée mon maître, sur l'ordre de Satan, notre roi, qui a appris votre arrivée dans ce pays, m'envoie vous saluer et vous porter les compliments de notre souverain. Celui-ci a pensé qu'il pourrait vous être agréable de visiter la station de pénitence qu'il a établi ici près et dont je suis le gouverneur ; il m'a chargé, dans ce cas, de vous accompagner. Je suis donc à vos ordres.

L'offre aurait, sans doute, paru plus bizarre que tentante à tout autre qu'à moi, étant donné surtout le temps qu'il faisait au dehors. Mais, ce n'était pas la première fois que pareille aventure m'arrivait ; j'en avais une certaine habitude. Les diverses promenades que j'avais eu occasion de faire déjà en compagnie, soit de Satan lui-même, soit de quelques-uns de ses subordonnés, avaient toujours eu lieu dans des circonstances analogues. Je ne m'en étais pas plus mal trouvé et j'en étais toujours revenu sain et sauf. D'ailleurs, j'étais si étonné d'apprendre qu'il existait une annexe de l'enfer dans ces parages, que je n'avais garde de laisser échapper l'occasion qui m'était offerte de la visiter, occasion que je ne retrouverais probablement pas de sitôt. Je répondis donc sans hésiter à l'aimable Amaquam que j'acceptais avec empressement l'invitation qu'il voulait bien me transmettre de la part de mon vieil ami et que j'étais prêt à le suivre.

Aussitôt Amaquam, s'emparant des draps de mon lit, qui dans ses mains deviennent subitement écarlates, m'en jette un sur les épaules et s'enveloppe dans l'autre. Il frappe, en même temps, du pied; ma chambre s'emplit de nouveau de fumée et je me sens emporté comme un trait à travers la cheminée. Moins d'une seconde après, je me trouve, avec mon compagnon, à cheval sur le faîte de la maison. La fumée nous a suivis et s'est divisée en deux parties égales, puis transformée en deux hyppogriphes richement harnachés, dont les yeux phosphorescents brillent dans la nuit pareils à des escarboucles. Nous les avons à peine enfourchés, qu'ils s'élancent en tournoyant dans les airs et s'élèvent à une grande hauteur.

Une profonde obscurité règne partout. La pluie tombe à torrents et le vent fait rage; mais cela n'est pas de nature à arrêter dans leurs promenades les démons et les amis qui les accompagnent, d'autant plus que nos draps de lit transformés en capes espagnoles nous garantissent complètement des intempéries.

Nos montures, qui n'ont pas eu de peine à trouver leur route, se dirigent d'un vol vertigineux à travers les ténèbres. Après une course dont je ne puis apprécier la durée, je sens que nous commençons à descendre et que nous nous rapprochons rapidement du sol. Bientôt les hippogriphes ralentissent leur vol. Ils donnent quelques derniers coups d'ailes, s'arrêtent enfin et nous déposent à terre. Une vive lumière surgit devant nous. Des broussailles s'écartent et il en sort un démon semblable à Amaquam et portant une torche dont la clarté me permet d'examiner sommairement les lieux environnants. Autant que je puis en juger, nous sommes au milieu d'une clairière, recouverte d'arbres de haute futaie, qui paraît occuper le fond d'un vaste cirque aux pentes régulières et concentriques. Je n'ai pas le temps, du reste, de poursuivre bien loin mes investigations, car le nouveau venu se dirige vers les buissons d'où il est sorti et nous nous y engageons après lui. Au milieu de ces buissons est une ouverture béante donnant accès à une sorte d'escalier aux degrés irréguliers qui semblent faits de

colonnes tronquées et qui résonnent sous le
pied. Nous en entreprenons la descente qui
nous donne beaucoup de mal et me paraît
interminable. A la suite de cet escalier nous
trouvons un étroit et long boyau où nous avons
de la peine à nous frayer un passage ; puis, une
corniche étroite, surplombant un précipice au
fond duquel nous entendons gronder des eaux
furieuses, nous conduit à un chemin à pente
raide et glissante dont nous suivons pendant
longtemps les incessants méandres. Peu à peu
cependant la pente s'adoucit, la route s'élargit
et, au sortir d'un dernier circuit, nous débou-
chons dans une immense caverne. Au centre de
cette caverne flamboie un formidable brasier
contenu dans une sorte de coupe creusée dans
le sol et qui jette un éclat aussi intense que
celui du soleil, en dégageant une chaleur into-
lérable.

Au dessus du brasier, des roches incandes-
centes supportent une sorte d'animal bizarre
affectant, à première vue, la forme d'une colos-
sale araignée faucheuse qu'on aurait mise à rôtir
sur un gril gigantesque. Mais je ne tarde pas à
m'apercevoir que le corps du prétendu animal
n'est autre chose qu'une chaudière pleine d'un
liquide bouillonnant et sur le pourtour de la-

quelle s'allongent, comme des pattes segmentées,
de longs tuyaux coudés qui s'enfoncent dans le
sol.

La voûte de la caverne semblable à celle d'une
cathédrale gothique et crevassée de fissures
profondes, repose sur des piliers et des contre-
forts massifs taillés en plein roc. Un orifice s'ouvrant presque à niveau du dôme donne passage
à un torrent écumeux, qui vient, par une sorte
d'aqueduc naturel, jeter ses eaux dans la chaudière même. De nombreuses galeries s'ouvrent
en divers points de la caverne et à diverses
hauteurs. Les plus élevées d'entre elles sont re-
liées à la chaudière par des ponts aériens ; sur
ces ponts circulent une foule de démons ; d'autres, non moins nombreux, se suivant à la file,
vont et viennent des galeries inférieures au brasier et du brasier à ces galeries. Tous portent
sur leur dos des hottes ou des jarres remplies
de matières qu'ils ont été puiser dans les entrailles de la terre. Les uns vident leurs réci-
pients dans le foyer ; les autres en versent le
contenu dans la chaudière, sur le bord brûlant
de laquelle d'intrépides diablotins, qui doivent
avoir encore moins froid aux pieds qu'aux yeux,
courent allègrement, en remuant de temps en
temps le mélange à l'aide de grandes cuillères

à long manche. Des nuages de vapeurs rutilan-
tes s'en échappent et montent lourdement jusqu'au faîte de la caverne, dans les fissures de
laquelle elles se frayent lentement un passage,
pour s'exhaler, sans doute bien loin de là, en
quelque point de la surface du sol.

Si habitué que je sois aux surprises que Pluton
peut réserver aux rares mortels qu'il honore de
sa confiance, je ne suis pas sans ouvrir de grands
yeux devant le spectacle qu'il m'est donné de
comtempler et duquel rien de ce que j'ai vu
jusqu'à présent ne peut approcher. Amaquam,
comprenant mon étonnement, s'empresse de
satisfaire ma curiosité.

— Vous savez, me dit il, que Pluton, le dieu
des Enfers, est aussi, sous le nom de Plutus ou
de Ploutée, le dieu des richesses intérieures,
parmi lesquelles figurent les mines et les carrières souterraines, ainsi que les sources minérales, qui ne sont, en somme, que des mines
liquides. S'il préside à l'organisation et à l'amé-
nagement des premières, il est également chargé
de la fabrication des secondes et il a dû construire à cet effet un certain nombre de ces grands
ateliers ou laboratoires auxquels les montagnes
que vous appelez des volcans servent de cheminées. Le travail de ces ateliers étant subordonné

à l'écoulement des produits et l'approvisionnement en réserve étant largement suffisant pour
faire face aux besoins ordinaires, ils ne fonc-
tionnent pas d'une manière permanente ; c'est
ce qui fait que leurs cheminées ne fument pas
toujours. Beaucoup même d'entre eux sont
abandonnés depuis longtemps ; mais ils peuvent
être remis d'un moment à l'autre en exploitation.
Nous sommes dans un de ceux-ci. Ayant été
obligé récemment de créer la nouvelle succur-
sale que nous devons visiter, Satan a songé,
pour plus de commodité, à l'établir à proximité
de ce laboratoire qu'il a donné l'ordre de rouvrir.
On n'a toutefois encore rallumé qu'un des foyers,
celui que vous voyez, les autres ayant besoin de
réparations et notamment d'un sérieux ramonage. A ce sujet et puisque l'occasion s'en présente, je vous préviens, au nom d'Asmodée, et
vous autorise à prévenir les mortels vos semblables qui se sont établis près des cheminées
des susdits laboratoires, que nous allons pro-
chainement mettre le feu dedans pour les nettoyer.

— Un homme averti en vaut deux, dis-je à
Amaquam. Je vous remercie du renseignement.
J'en ferai part à mes amis ; mais ils ont bien
sans doute un peu de temps devant eux ?

— Oh ! oui, ils ont au moins quelques heures.

— Bigre ! Alors ça presse. Ce n'est pas le moment d'acheter ou de faire construire une maison en ces parages, comme j'en avais l'intention. Je verrai ailleurs, et choisirai un pays où il n'y aura pas de ramonage à craindre. En résumé, nous sommes ici dans une fabrique d'eau minérales naturelles.

— Justement.

— Et les matières que transportent les démons qui se promènent sur les ponts suspendus sont celles qui entrent dans leur composition.

— Vous l'avez dit.

— Mais, si l'on jette tout pêle-mêle dans la chaudière, il n'en peut résulter qu'un mélange uniforme.

— Oh ! cela ne se fait pas ainsi. Nous varions les proportions des sels, des métaux et des acides employés ; puis, nous poussons ou ralentissons les feux, nous prolongeons enfin plus ou moins l'ébullition, suivant la qualité de l'eau que nous voulons obtenir. Actuellement, par exemple, nous préparons de l'eau ferrugineuse ; aussi faisons-nous un grand feu et laissons-nous bouillir longtemps. Une autre fois nous ferons des eaux alcalines ; il faudra moins chauffer, mais nous aurons besoin d'une plus grande quantité de sels.

— Où vont les eaux, au sortir de la chaudière ?

— Elles s'écoulent, par ces tuyaux, que nous pouvons ouvrir et fermer à volonté à l'aide de clefs, dans de grands réservoirs où elles se clarifient et où nous les mélangeons parfois avec d'autres.

— Vous faites des coupages, quoi, comme les marchands de vin

— Parfaitement. De là, elles se rendent par d'autres conduits, dont certains passent à travers des réfrigérants, aux endroits où nous devons les employer et où elles arrivent glacées ou brûlantes suivant le besoin.

— Tout cela est très ingénieux. Cette fabrication occupe sans doute un nombreux personnel ?

— Très nombreux. Nous avons d'abord, ainsi que vous pouvez le voir, une armée de porteurs ; il y a en outre les extracteurs, qui travaillent aux mines, les trieurs, les concasseurs, les malaxeurs, les laveurs, enfin les forgerons pour les réparations à la chaudière et aux tuyaux, les souffleurs et les tisonniers

chargés d'entretenir le tirage des foyers, etc.
Oh! ce n'est pas la main d'œuvre qui manque.

— D'où proviennent tous ces ouvriers?

— De l'Erèbe et du Tartare. Ce sont d'anciens
damnés qui ont fini leur peine et qui sont par-
venus au grade de démons inférieurs. Au lieu
d'aller faire un long et ennuyeux stage à la
porte des Champs-Elysées, avant d'y pénétrer,
ils préfèrent travailler pour nous.

— Moyennant salaire, sans doute?

— Non. Ils ne sont pas payés; seulement, au
bout d'un certain temps, ils obtiennent une
retraite et entrent, avec le rang de démons de
troisième classe, soit dans la garde de Pluton,
soit dans le personnel civil où ils peuvent faire leur
chemin, arriver à la deuxième et à la première
classe et devenir administrateurs, inspecteurs,
directeurs, gouverneurs de nos établissements.
Moi-même, je ne suis pas autre chose.

— Très bien. Vous n'avez jamais de grèves,
je suppose.

— C'est ce qui vous trompe. Nous en avons,
au contraire, très souvent. La dernière a été
terrible.

— Ah bah! Quelle en a été la cause!

— Les porteurs et les extracteurs demandaient
les trois huit.

— Ah Ah! Ils voulaient, eux aussi, la journée de huit heures.

— Pardon, de huit siècles.

— Comment de huit siècles?

— Nous ne comptons pas de la même manière que vous. Nos secondes sont des jours, nos minutes des années, nos heures des siècles.

— Bon! cela me rassure au sujet du ramonage. Je crois que je puis donner suite à mes projets d'achat ou de construction sans trop de crainte. Ce sera affaire à mes arrières, très arrières petits neveux. Et comment a fini cette grève?

— Par une répression énergique. Comme elle menaçait de devenir générale, nous avons pris le parti d'enfermer tous les révoltés dans le grand four, d'où ils ne sortiront que pour retourner parmi les damnés à perpétuité. Du reste, depuis, nous avons été parfaitement tranquilles.

— Je le crois sans peine.

— Seigneur, ajoute Amaquam en m'interrompant au moment où j'allais lui expliquer que, chez nous, on a un peu plus d'égards pour les grévistes, voici mon cocher qui vient me prévenir qu'il est prêt à partir, nous allons,

si vous le voulez bien, continuer notre promenade.

Un démon, armé d'un long aiguillon s'appro-
chait, en effet, de nous. Je fais un signe d'assentiment et nous nous dirigeons avec lui vers
l'entrée d'une des plus grandes galeries s'ouvrant dans la caverne et où nous attend un
char attelé de grosses chauves-souris. Nous y
montons, le cocher pique son singulier attelage
et nous partons. La galerie que nous parcourons, et dont les proportions sont imposantes,
est bordée de chaque côté par une colonnade
formée de stalactites d'une blancheur et d'une
transparence admirables. De son sommet ogival
descendent des pendentifs, des culs-de-lampe
que relient entre eux des festons et des brode-
ries. Le long des colonnes, autour des pendentifs, s'enroulent, courent, rampent des cra-
pauds, des serpents, des lézards, des chenilles
et des vers énormes dont les corps lumineux
projettent sur tous ces lieux une clarté d'une
grande douceur qui ne peut se comparer à rien
de connu. Ce sont, m'apprend Amaquam, des
larves et des lémures.

Cette galerie semble se continuer à l'infini. Il
me paraît que nous ne devons pas atteindre le
bout avant de longues heures. Mais, est-ce la

beauté du spectacle qui me fait perdre la notion
des temps? Ai-je été le jouet d'un mirage trompeur, je ne sais ; toujours est-il, qu'au moment
où je suis le plus absorbé dans une contempla-
tion presque extatique, le char qui nous emporte s'arrête brusquement à l'entrée d'une
rotonde du même style que la galerie et dont la
coupole est percée juste à son centre d'un large
trou rond. De ce trou descend une double
chaîne dont l'un des bouts est fixé à une arma-
ture en fer qui supporte une banne et dont
l'autre s'enroule autour d'un treuil. Amaquam,
après avoir été détacher d'un pilier un gros ver
luisant qu'il pose sur le bord de la banne, m'invite à y monter et s'asseoit à coté de moi. Le
démon qui nous a conduit se met à la manivelle
du treuil et nons quittons le sol. Nous ne tar-
dons pas à atteindre l'orifice du trou et nous
nous y engageons, au milieu d'une profonde
obscurité qu'atténue seule la pâle lumière émise
par le ver luisant qui nous sert de fanal. Nous
nous élevons rapidement à travers les aspérités
des parois qui laissent, parfois, à peine assez de
place pour que nous puissions passer. Parfois
aussi dans ces parois s'ouvrent des fenêtres
irrégulières dans la baie desquelles se montrent
des figures grimaçantes de démons qui nous

examinent curieusement et se sauvent ensuite
en ricanant. Mon compagnon m'explique que
ce sont des ouvriers indociles qu'on a mis au
cachot pour quelques jours, c'est-à-dire pour
plusieurs milliers d'années. Cependant, nous
continuons à monter et il me semble maintenant apercevoir loin, bien loin, au-dessus de
ma tête, de nombreux points brillants comme
des étoiles ; puis une vague lueur apparaît. Elle
augmente peu à peu pendant qne les points
brillants s'évanouissent les uns après les autres.
Quelle est cette lueur ? D'où vient-elle ? Où
sommes-nous ? Le temps me manque pour poser ces questions à mon cicérone, car nous
arrivons enfin au sommet de ce long conduit
qui n'est autre chose qu'un puits abandonné
dont le fond a dû s'effondrer il y a longtemps et
sur la margelle à moitié démolie duquel Amaquam s'élance, en me tendant la main. Je l'imite
et nous sautons à terre.

— Nous voici arrivés, me dit-il. Nous sommes à la station de pénitence.

DEUXIÈME PARTIE

— Il fait grand jour. Un éclatant soleil brille et m'éblouit. Lorsque mes yeux se sont un peu habitués à la lumière, je regarde autour de moi. Nous sommes au milieu d'un champ, sur une hauteur formant un des versants d'une vallée verdoyante aux pentes couvertes d'arbres de toute espèce, émaillées de fleurs, parsemées de coquettes villas. Au fond de la vallée, une petite ville est paresseusement assise, baignant ses pieds dans les eaux argentées d'une capricieuse rivière qui se joint à une autre, au sortir même du pays. Tout cela ne me semble pas inconnu. J'ai la notion confuse que ce n'est pas la première fois qu'il m'est donné de contempler ce paysage. Où l'ai-je déjà vu, par exemple, je ne saurais le dire. Ce ne peut être qu'en songe. Amaquam m'affirme, en effet, que nous n'avons pas quitté le royaume des ombres. Deux choses, d'ailleurs, déroutent mes souvenirs. Dans le pays dont je retrouve la vague image en ma mémoire, il y avait bien aussi deux rivières, mais ce n'étaient guère que des chemins assez peu carrossables où les indigènes entretenaient à grand peine quelques flaques d'eau pour faire illusion à eux-mêmes et aux autres. En outre, je cherche en vain l'église, la belle église neuve qui devrait barrer le fond du paysage. Elle n'existe pas. C'est, du reste, là-dessus que mon guide s'appuie pour me convaincre que je me trompe, en faisant observer que Pluton n'admet pas ces sortes de monuments dans ses domaines. En tous cas, ce que je vois est ravissant et ressemble bien plutôt à une calme oasis, à une paisible retraite qu'à une annexe de l'enfer. Il est vrai qu'il ne faut pas se fier aux apparences. Aussi, ai-je hâte d'examiner de plus près cette fameuse station de pénitence. Nous nous mettons en marche et nous prenons un large chemin sablé qui descend vers le pays en serpentant sous d'épais couverts. Nous le suivons jusqu'à son extrémité et nous gagnons la ville où des maisons élégantes, des jardins embaumés, des magasins luxueux, des édifices de toute espèce, frappent partout mes regards. Les rues sont encombrées d'une foule compacte, circulant en tous sens. C'est un va et vient continuel. Je ne puis en croire mes yeux et mes oreilles.

— Non, ce n'est pas possible, dis-je enfin à Amaquam, je ne suis plus chez les ombres. Je ne vois autour de moi rien qui rappelle l'enfer. Je n'aperçois ni démons, ni damnés. Je ne croise que des êtres comme moi qui ont l'air d'aller à leurs affaires et qui ont le bonheur d'habiter une fort jolie ville, un peu trop petite peut être pour leur nombre qui me semble considérable.

— Homme de peu de foi, me répond mon compagnon, observez donc mieux les choses et vous ne parlerez pas ainsi. Regardez tous ces promeneurs ; que voyez-vous sur leur figure ?

— Moi, rien de particulier. Je trouve seulement qu'en général ils ont très mauvaise mine.

— Voilà tout ?

— Ma foi, oui.

— Les humains sont tous les mêmes, légers et superficiels ; ils ont des yeux, mais ne savent pas s'en servir. Vous ne remarquez pas que beaucoup portent sur leur visage l'expression d'une cruelle souffrance et d'un profond désespoir ?

— Ah ! c'est vrai. Oui, en y faisant bien attention, on constate que la plupart ont l'air désolé de gens qui viennent de perdre un héritage ou de voir retirer de l'eau leur belle-mère en train de se noyer.

— Eh ! bien, ce sont des sujets de Pluton qui subissent ici leur peine.

— Pas possible ! Cependant, j'en vois aussi qui ont la mine souriante et satisfaite.

— Ceux-là sont des démons de deuxième et de troisième classe. Ils font partie du personnel de la station.

— Mais tous me font absolument l'effet d'être en chair et en os comme moi-même ; tous sont vêtus comme de simples mortels.

— Croyez-vous donc que nous soyons exclusivement astreints à cette forme classique de démons cornus sous laquelle vous nous représentez et qui est celle que nous prenons le plus généralement, lorsque nous nous montrons à vous ? Croyez-vous que nous ne puissions jamais en changer ? Regardez-moi.

Je jette un coup d'œil sur mon compagnon et je reste la bouche ouverte. J'ai à mon côté, non plus un diablotin fort vilain, quoique très conforme à l'esthétique du genre, mais un charmant jeune homme, bien capable de faire tourner la tête à toutes les Eves de la terre.

— Mes compliments, lui dis-je ébahi, maintenant je ne doute plus.

— Il faut que vous sachiez que Pluton a fait réviser dernièrement la constitution de son

royaume et que les lois et règlements relatifs
aux peines et châtiments ont été considérablement modifiés. Aux supplices du feu, de la
faim, de la soif, de la roue, du rocher, etc.,
devenus insuffisants, on en a ajouté beaucoup
d'autres et notamment le supplice de l'eau qui,
lui-même, a été subdivisé en plusieurs degrés.
On a pensé, avec raison que, s'il était terrible
de ne pouvoir boire quand on avait soif, il
devait être plus affreux encore de boire sans soif,
au moins pour les damnés, car les hommes ne
s'en font pas faute, ainsi que de certaines
autres occupations pour lesquelles ils ne con-
naissent pas de saison. On a donc établi divers
bagnes dont les pensionnaires sont condamnés
à boire sans cesse, à boire toujours, non pas de
ces délicieuses et énivrantes liqueurs que vos
semblables aiment tant, non pas même de
l'eau pure, ça ne serait pas assez mauvais : mais
de ces eaux spéciales à la fabrication desquelles
nous affectons les laboratoires dont j'ai tenu à
vous faire visiter préalablement un spécimen.

Tout en causant, nous avons quitté la rue
principale de la ville et pris une voie transver-
sale qui nous mène à une vaste esplanade
plantée d'arbres et adossée à une colline, dans
la base de laquelle j'aperçois une excavation.

De chaque côté de cette excavation s'alignent deux longues rangées de gens immobiles, tristes et pâles.

— Voici, me dit Amaquam, un de nos principaux bureaux de distribution. Approchons.

Devant deux robinets, d'où une eau fort limpide, ma foi, coule constamment, se tiennent deux femmes accortes, replètes et avenantes qui nous saluent avec respect. Ces femmes sont vêtues toutes deux d'une robe noire sur laquelle tranche un tablier à bavette d'une blancheur éclatante, coiffées d'un joli bonnet tuyauté coquettement posé sur des cheveux ondulés. J'ai beau les examiner avec le plus grand soin, je ne leur trouve absolument rien d'infernal, au contraire.

— Qu'est-ce qui croirait, murmure mon cicérone à mon oreille, que ces deux employées ont été autrefois deux démons presque indomptables? Nous avons eu beaucoup de peine à les réduire à l'obéissance ; aujourd'hui, nous en sommes si satisfaits que nous leur avons donné un poste de confiance. C'est ici le bureau de l'eau ferrugineuse. Voyons un peu si notre dernière fourniture est réussie.

Ce disant, Amaquam se fait remplir un hanap et le porte à ses lèvres.

— Parfait, dit-il, après avoir goûté ; ça n'a jamais été aussi mauvais. Que la distribution continue.

Le premier buveur de chaque rangée prend la coupe qu'une des deux femmes lui tend avec un sourire engageant, la contemple un instant d'un air nâvré, puis en avale péniblement le contenu, en faisant une horrible grimace, dit humblement merci, rend la coupe et va, résigné, se mettre à la queue de sa rangée. Beaucoup, avant de se retirer, laissent tomber une pièce de monnaie dans un plateau mis à cet effet en évidence.

— Pardon, dis-je à Amaquam, je croyais que les damnés n'avaient pas d'argent.

— Et l'obole qu'on met sous la langue des morts, qu'en faites-vous ?

— Mais, puisqu'ils doivent la donner à Caron pour passer le Styx.....

— Eh bien ?

— Eh bien, s'ils la donnent, ils ne peuvent plus l'avoir. C'est logique, il me semble.

— Ne savez-vous pas qu'elle se renouvelle au fur et à mesure ?

— Comme les cinq sous du Juif errant, alors ?

— Précisément.

— Ma foi, je l'ignorais.

— Qu'est-ce qu'on vous apprend donc, dans vos écoles ?

— Pas grand chose, je l'avoue ; seulement on s'instruit en voyageant. Et que font ces femmes de leur argent ?

— Elles achètent des obligations de la compagnie de dessèchement de l'Averne et de dérivation du Cocyte.

Enchanté d'avoir élucidé ces points, je me mets à regarder les condamnés aux eaux forcées. Je vois parmi eux des hommes, des femmes, des jeunes gens, des veillards, des bourgeois, des militaires, des religieuses et même des curés. Cela m'étonne, car j'aurais pensé que ces dames et ces messieurs, en raison de leurs services spéciaux, devaient jouir d'immunités particulières. J'en fais l'observation à Amaquam.

— Chez nous, ce n'est pas comme sur terre ; on ne fait jamais de passe-droits, me répond-il sévèrement.

Mais quelques uns des condamnés ayant reconnu mon compagnon, s'approchent de lui avec empressement, sans doute pour lui adresser des réclamations.

Amaquam les arrête d'un geste brusque.

Plus tard, plus tard, fait il ; vous savez où est mon cabinet, vous n'avez qu'à y venir aux heures réglementaires. Ils sont tous les mêmes, ajoute-t-il en m'entraînant pour se débarrasser de leurs importunités. Si on voulait les écouter, on n'aurait jamais un moment à soi.

Retournant sur nos pas, nous rentrons en ville et nous passons en revue les principaux bureaux de distribution qui sont fort nombreux et qui ont tous une clientèle considérable. Partout nous retrouvons les mêmes files de condamnés blêmes et mélancoliques, les mêmes tabliers et les mêmes bonnets, au sourire engageant, les mêmes robinets, les mêmes coupes toujours remplies et toujours vidées, les mêmes plateaux dans lesquels tombent les mêmes oboles. Tantôt les bureaux occupent des pavillons ou des kiosques élégants, tantôt ils sont établis dans des galeries sévères ou des grottes pittoresques qui font honneur aux architectes et aux constructeurs infernaux. On y distribue des eaux de toute espèce dont l'ingurgitation produit sur la figure des buveurs des grimaces unanimes, quoique d'une grande variété d'expression. Nous parcourons ainsi la ville en tous sens, nous franchissons la rivière qui la traverse sur des ponts hardis, œuvres des ingénieurs de Pluton. Nous trouvons sur notre passage, des promenades, des squares, des quinconces, des parcs dessinés par Le Nostre du sombre empire et dans les allées desquels errent languissamment les condamnés auxquels de courts moments de répit sont accordés. Nous écoutons un instant les accords entraînants d'un orchestre endiablé, c'est le cas de le dire, qui, malgré sa verve irrésistible, ne parvient pas à dérider ses auditeurs et à leur faire oublier leurs souffrances.

Enfin, nous nous arrêtons devant la façade d'un superbe édifice, formé d'un grand corps de bâtiment et de deux ailes latérales et fermée par une grille monumentale donnant accès à un jardin orné de plantes rares et de fontaines abondantes.

— Nous n'avons, jusqu'ici, me dit Amaquam, passé en revue que les établissements où s'administrent le premier degré des supplices par l'eau. Il me reste à vous faire connaître les deuxième et troisième degrés de ces supplices.

Pendant que mon compagnon prononce ces mots, la grille roule sur ses gonds; tous les employés, qui ont aperçu le gouverneur, s'empressent de se ranger de chaque côté de l'entrée et un monsieur entre deux âges, dont la figure colorée est couverte d'une belle barbe noire, le Directeur de l'établissement, s'avance vers nous, le chapeau à la main. Nous entrons, Amaquam me présente et la visite commence aussitôt.

Dans les deux ailes de l'édifice sont ménagées un grand nombre de cellules fermées par des portes de fer. Nous nous dirigeons vers celles de droite dont les portes s'ouvrent à l'instant. Ces cellules renferment des piscines en marbre où de malheureux damnés sont enchaînés. Les uns, plongés dans une eau bouillante et rouges comme des écrevisses, se tordent en des souffrances analogues à celles que nous infligeons d'un cœur léger à de malheureux homards ou à d'innocentes crevettes. Les autres, pâles comme la mort, grelottent et claquent des dents, à demi noyés sous une onde glacée.

L'aile gauche, paraît-il, est réservée au sexe faible, aussi les portes en restent-elles herméti-quement closes.

— Est-ce que les cellules sont toutes occupées? demande Amaquam au chef de l'établissement.

— Toutes, répond celui-ci. Nous ne pouvons plus suffire. Il faudra se décider à faire des aggrandissements.

— Eh! bien, remettez-moi vos propositions ; je les soumettrai à Asmodée. Vos prisonniers sont-ils dociles ?

— Oui, assez, quoiqu'il y ait bien toujours quelques récalcitrants, principalement parmi les femmes. Ces messieurs veulent, sans doute, visiter l'hypogée ?

— Certainement.

— Veuillez me suivre.

Le Directeur se dirige alors vers le bâtiment central, ouvre une poterne fermée à triple serrure et nous montre le chemin. Nous descendons quelques marches et nous pénétrons dans un grand vestibule dans lequel débouchent deux couloirs desservant de nombreux cachots où n'arrive aucune lumière. C'est dans ces cachots que sont enfermés les condamnés au troisième degré, en attendant le supplice. Au fond du vestibule, un autre couloir conduit à la chambre de torture, immense cave voûtée qu'éclaire seul un jour blafard et terne tombant d'étroits soupiraux et qu'une cloison percée d'une baie, fermée par une tenture épaisse, sépare en deux parties égales. Dans celle où nous entrons d'abord et où règne une chaleur torride, au milieu de nuages de vapeur brûlante, des spectres couverts d'un long suaire errent lentement

en versant de si abondantes larmes que le sol
en est inondé ; d'autres sont assis sur des gra-
dins ardents, abimés dans la douleur. Au milieu
d'eux, va et vient un être fort laid, sorte de
gnôme, moitié homme et moitié démon, vêtu
de brun, coiffé de rouge, dont la bouche lippue
crispée en un rictus sardonique découvre des
dents formidables, dont la gorge lance de rau-
ques et sauvages interjections qui font courir
un frisson d'épouvante parmi les malheureux
damnés dont il est le tourmenteur.

A chaque instant, en effet, il s'élance sur un
de ces misérables et, lui enlevant brusquement
son suaire des épaules, le pousse, en ricanant,
dans la seconde salle, d'où sort, en même temps,
un autre spectre qu'il saisit au passage et jette
aussitôt sur un lit de Procuste. Là, il le tourne,
le retourne, le frappe à coups redoublés, le
pétrit, le désarticule, lui tord les membres, le
déchire de ses griffes aiguës, lui arrache la
peau avec d'affreuses étrilles garnies de mille
pointes acérées. Lorsqu'il l'a mis en lambeaux,
il l'enveloppe de son linceul, qui se colle sur ses
os dénudés comme une tunique de Nessus, et
le ramène à son cachot. Mais de cris affreux
se font entendre. Ils partent de la seconde salle.
Que s'y passe-t-il donc ? Le Directeur nous y

fait entrer et j'assiste alors à un spectacle extraordinaire. Le prisonnier qu'on vient de pousser
dans cette salle, d'un aspect plus funèbre et
plus lugubre encore que l'autre, est aux prises
avec un second tourmenteur, non moins féroce
quoique beaucoup moins laid que le premier.
Monté sur une estrade, le bourreau dirige sur
sa victime, à l'aide d'appareils bizarres ressemblant à de hideux serpents, un jet d'une violence irrésistible. En vain le malheureux court
affolé, poussant des hurlements de terreur,
cherchant une issue, se heurtant aux murs, s'y
retournant les ongles, sans pouvoir échapper à
ce supplice sans nom ; en vain il prie, il supplie,
il demande grâce, le jet inexorable, le frappant
sans relâche, l'aveugle, l'étouffe, le broie, le
laisse sans force et sans espoir. Comme si ce
n'était pas encore assez, une trombe d'eau,
jaillissant tout à-coup du sommet de la salle,
vient achever l'œuvre terrible et terrasser le
martyr qui, pantelant et se trainant à peine,
ne sort de cette géhenne que pour retomber
aux mains sans pitié du démon coiffé de rouge.

Mais je ne peux pas supporter plus longtemps
la vue de ces terribles épreuves. Je pâlis, mon
sang se fige dans mes veines et je suis sur le
point de m'évanouir.

Amaquam se hâte de m'entrainer et nous nous retrouvons bientôt au grand air où mes esprits se remettent peu à peu. Le Directeur, qui nous a suivis, après avoir refermé la pôterne à triple tour, nous reconduit jusqu'à la grille.

Chemin faisant, Amaquam le félicite de la bonne tenue de l'établissement et du zèle de ses employés.

— Je ferai, lui dit-il, mon rapport à Pluton notre souverain et je ne doute pas qu'il ne me charge de vous transmettre les marques de sa satisfaction. Continuez à le servir avec dévouement.

A peine sommes-nous hors de cet antre que je respire plus librement.

— Ah ! fais-je, en poussant uu soupir de soulagement, puissé-je ne jamais être condamné à de pareils tourments !

— Vous n'avez rien à craindre, me dit mon compagnon, si vous n'avez pas abusé des truffes et du champagne et si vous avez été réservé sur divers autres articles que je n'ai pas besoin de vous énumérer, car ces supplices sont spécialement affectés à la punition des péchés de gourmandise et de concupiscence.

— Jusqu'ici, je n'ai peut être pas eu pour ces

choses là autant de dédain qu'il aurait fallu ; mais je jure bien que, dorénavant, je vais vivre en anachorète.

— Et ce serait encore un mauvais calcul, car Pluton déteste tous les excès et il est aussi dur pour ceux qui n'usent de rien que pour ceux qui abusent de tout. D'aucuns, qui avaient fait profession d'abstinence et d'ascétisme, ont été traités aussi sévèrement que les autres et se sont vu appliquer jusqu'aux trois degrés simultanés de châtiment.

— C'est effrayant ! C'est Minos, sans doute, qui ordonne ces supplices ?

— Non ; notre juge suprême était débordé. Il a été obligé de déléguer ses pouvoirs à un certain nombre de suppléants, qui, à la suite d'examens variés passés devant un jury spécial, ont été gratifiés de beaux diplômes sur parchemin, leur donnant le droit d'exercer au nom et pour le compte de Minos et de Pluton. Ils font subir aux coupables, cités à comparaître devant eux, un interrogatoire aussi méticuleux qu'approfondi. Après avoir mûrement pesé la gravité de leurs fautes, ils remettent à chacun de ceux qu'ils ont condamnés un arrêt sans appel, avec ordre de le faire exécuter scrupuleusement. Ceux-ci, d'ailleurs, obéissent généralement avec une grande soumission et même retournent de temps en temps devant leurs juges pour leur rendre compte de la manière dont leurs diverses prescriptions ont été exécutées.

— Ça, c'est exemplaire ! Obtiennent ils, au moins, dans ce cas, une réduction de peine ?

— Rarement. Il est expressément défendu aux juges de se laisser apitoyer. Ceux qui seraient convaincus d'avoir fait preuve d'une trop grande indulgence seraient destitués. Nous en avons eu des exemples.

— Minos me semble bien rigoureux !

— Il est juste.

— C'est égal, je souhaite de ne jamais avoir affaire à lui. Avons-nous encore quelque chose à voir ?

— Non, la visite est terminée et nous allons nous quitter.

— Déjà ? Je le regrette vivement. Vous voudrez bien, au moins, vous charger de présenter mes devoirs respectueux à sa Majesté Pluton.

Je n'y manquerai pas. Maintenant, écoutez-moi ; comme il ne faut pas que vous puissiez jamais, durant le reste de votre existence, retrouver ces lieux où vous n'avez pénétré que grâce à une faveur exceptionnelle, je vais vous endormir et profiter de votre sommeil pour vous renvoyer sur terre. Lorsque vous vous réveille-rez, vous n'aurez qu'à suivre la première personne qui passera devant vous et qui vous saluera. Elle s'arrêtera à la porte d'une maison de belle apparence ; vous entrerez dans cette maison et vous demanderez la clef de votre chambre, la chambre n° 7. Vous y trouverez vos bagages. Ils y sont arrivés, ce matin, avec votre *genius* ou sosie, qui a pris, pour vous, congé de vos hôtes de Montpezat, après leur avoir laissé un petit cadeau en remerciement de leur hospitalité.

— Vraiment vous pensez à tout. Et, puis-je savoir quel genre de cadeau vous, avez choisi ?

— Un livre d'heures sortant de chez un des premiers éditeurs de livres sacrés.

— Je n'aurais pu mieux faire. Quel charmant démon vous faites. Croyez que je conserverai le meilleur souvenir de nos passagères relations.

— Moi de même et, si jamais vous nous reve-nez comme administré.....

— J'espère bien que non, par exemple !

— On ne sait pas ce qui peut arriver. En tous cas, vous n'aurez qu'à me faire demander et je me mettrai à votre disposition pour adoucir votre sort dans la limite du possible.

— Je n'en doute pas ; mais... je ne puis

achever ; mes yeux se ferment malgré moi, ma
tête se penche sur ma poitrine et je m'endors...

Lorsque je me réveillle, je ne puis dire au
bout de combien de temps, je suis seul et assis
sur un banc, dans une ombreuse avenue, à
côté d'une voûte à basse ouverture à moitié
remplie d'eau, d'où s'échappe une légère vapeur
bleuâtre et sulfureuse. Au même instant, un
homme passe devant moi et me salue. Conformément aux instructions d'Amaquam, je suis
cet homme. Nous traversons l'avenue et nous
pénétrons dans un parc rempli de promeneurs
et renfermant toute sorte de moyens d'amuse-
ment et de distraction. Enfin nous arrivons à un
pont qui traverse une rivière où je ne vois pas
une goutte d'eau.

— Ah ! ça, fais je, interloqué, en jetant un
regard circulaire autour de moi, est-ce que je
rêve ? Non, je suis bien éveillé et je ne me
trompe pas..... Ces lieux...... je les connais ;
ils me sont familiers.. .. Je suis..... Parbleu,
oui, je suis à Vals. Voici la Volane, à sec comme
toujours. Voici l'église, la belle église neuve qui
sort d'un rideau de brouillards..... Par quel
sortilège, me trouvè-je ici ?... C'est renversant...
Ah ! bast. A quoi bon m'étonner ! Qui a-t-il
d'impossible à Pluton et à ses ministres ? N'ai-je

pas traversé les airs sur un hippogriphe et les
entrailles de la terre sur un char traîné par des
chauves souris ? N'ai-je pas vu les choses les
plus étranges et les moins croyables ?..... Je
suis à Vals, c'est le plus clair de l'histoire. Comment y ai-je été transporté ? Ma foi peu importe..... Voilà mon homme qui s'arrête devant une maison à tourelles et à clochetons.
C'est la villa Beauvoir. Il paraît que c'est là que
je suis descendu. Entrons.

J'entre et, toujours conformément aux instructions d'Amaquam, je demande, d'un air fort
sérieux, ma clef au premier garçon qui se présente.

— La voilà, monsieur, me dit celui-ci, sans
manifester le moindre étonnement. Vous avez
fait une bonne promenade ?

— Oui, je vous remercie.

Je monte à ma chambre, la chambre n° 7.
Mes vêtements sont pendus à des porte-man-
teaux, mon linge est rangé dans les tiroirs
d'une commode, mes malles, ma caisse de mi-
nerais, ma boîte d'herboriste, mon appareil
photographique sont là. Comme j'ai renoncé à
comprendre, je finis par trouver la fin de l'aventure aussi naturelle que le commencement. Me
sentant très fatigué, ce qui se conçoit après tant

de périgrinations, je me couche et je m'endors, cette fois, d'un sommeil de plomb. Je ne sors du lit que le lendemain, fort tard, dans la matinée. Je m'habille, je déjeûne et je vais faire un tour. Machinalement mon esprit, encore engourdi, se reporte au voyage que j'ai fait en compagnie de l'aimable et complaisant Amaquam. Je me crois, je ne sais pourquoi, retourné à la station de pénitence, non plus en visiteur, mais à titre de pensionnaire et j'en frémis de la tête aux pieds. A la vue de trois tabliers blancs surmontés de bonnets tuyautés qui s'avancent au devant de moi avec un sourire des plus engageants, je me sens pris d'une terreur folle ; faisant volte-face, comme si j'avais un régiment de démons à mes trousses, je me mets à courir de toutes mes forces. J'arrive à la villa ; sans prendre le temps de la réflexion, je boucle mes malles à la hâte ; je me fais conduire précipitamment au chemin de fer et je prends le premier train qui passe. Je ne commence à me trouver en sûreté que lorsque la vapeur a mis une notable distance entre moi et les tabliers blancs.

Lecteurs, vous me croirez si vous voulez ; mais, depuis, je n'ai jamais osé retourner à Vals.

7

UN DUEL A LA DOMINIQUE

UN DUEL A LA DOMINIQUE

A M. Léon RÉNARD, à Saint-Germain-en-Laye.

La lecture du Vals-Thermal, organe des intérêts aquatiques de Vals, paraissant tous les
dimanches, est toujours agréable, souvent amu-
sante et parfois instructive. Comme j'en par-
courais la collection, par un jour de pluie où je
ne savais que faire, j'y ai retrouvé la relation
d'un petit drame qui s'est déroulé en 188., et
dont les péripéties sont encore présentes à
l'esprit des habitants du pays et de beaucoup
de baigneurs. Les extraits suivants, que je me
suis permis de découper dans un certain nombre de numéros du journal, en retracent les
phases principales. J'espère que le Directeur du
Vals-Thermal ne m'en voudra pas et ne me
poursuivra pas comme plagiaire.

Nº du Dimanche 3 Juillet

. . . .

La saison bat son plein. Le temps est superbe, Vals est bondé d'étrangers et tous les

jours sont marqués par de nouveaux arrivages. Parmi les derniers venus, signalons la délicieuse Fortunata, une étoile provençale qui brille au firmament Valsois depuis deux jours et dont l'éclat éblouit chacun, le Baron de B... un grand viticulteur de la Champagne et Sir Williams Stairs Esquire, richissime éleveur de Dublin, qui vient à nous précédé d'une réputation de sportman distingué, de tireur remarquable et de joueur audacieux.

Ils sont descendus tous les trois au grand hôtel des Bains.

Ils ont l'intention de rester plusieurs semaines parmi nous afin de se reposer complètement de la vie intensive de cette fin de siècle et de raffermir, par un usage prolongé de nos eaux, leur santé ébranlée.

. . . .

N° du Dimanche 10 Juillet

. . . .

La belle Fortunata est en train de révolutionner Vals et d'y faire tourner toutes les têtes. Sa grâce incomparable, l'élégance sans pareille de son pittoresque costume, son intarissable gaîté, ses originalités, lui ont instantanément conquis une armée d'adorateurs prêts, sur un simple signe d'elle, à se jeter dans la Volane, même aux endroits où il y a un peu d'eau. Les célibataires qui étaient sur le point de se marier renoncent à convoler, les maris oublient leurs femmes et les gendres leurs belles-mères pour s'enrôler sous la bannière de la séduisante Arlésienne qui, avec quelques compagnes, non moins aimables, non moins rieuses qu'elle s'ingénie à multiplier les occasions de descendre agréablement le fleuve de la vie. Sous sa féconde impulsion, les excursions à cheval ou en voiture, les promenades, les dîners sur l'herbe, les bals champêtres, les sérénades s'organisent comme par enchantement. Il semble qu'elle ait pris ses gardes à l'abbaye de Thélème, de de joyeuse renommée.

Parmi les plus empressés de ses chevaliers servants, on cite le Baron de B..., et Sir Williams Stairs. Le Baron, qui a trente-cinq ans à peine, est un brillant cavalier, petit, mais bien fait de sa personne, alerte et vif ; c'est un bon vivant, très dans le train, très en dehors, fort empressé auprès des femmes, très courtois, mais un peu pointilleux avec les hommes.

Sir Williams Stairs, au contraire, est froid, compassé, renfermé, taciturne ; il est grand, maigre, pâle et blond, comme il convient à tout bon nourrisson de la verte Erin; mais il charme et séduit par ses allures de grand seigneur et la facilité avec laquelle il sème l'argent à pleines mains. Pour ne donner qu'un exemple de sa prodigalité, nous dirons qu'il ne boit jamais un verre de nos délicieuses eaux sans laisser un louis à la verseuse. Il est, du reste, assez riche pour se permettre ces largesses, ayant des millions, des châteaux et des troupeaux sans nombre.

. . . .

N° du Dimanche 17 Juillet

. . . .

Hier, samedi, grande excursion à la coupe de Jaujac, Prades, Nieigles, etc. Toute la jeunesse dorée en faisait partie. Dès quatre heures du matin, Vals a été mis en émoi par d'éclatantes fanfares qui sonnaient le réveil et qui stimulaient les paresseux. Tous les chevaux de main, réquisitionés depuis huit jours, étaient déjà réunis, richement caparaçonnés, devant le grand hôtel. Après un léger et rapide déjeuner, la troupe sautait en selle et s'ébranlait précédée de plusieurs trompes de chasse. En tête était Fortunata accompagnée du Baron et de Sir Williams

qui caracolaient de chaque côté de sa monture.
Ensuite venaient la blonde Tilba du Vaudeville
de Paris et le vicomte de Magnan, un sérici-
culteur d'Aubenas, les deux frères Henriot, fila-
teurs à Alais, et Mme Diana, la toute aimable
jeune première du théâtre de Vals, puis Mme la
princesse Caskicosca de Nidgni - Novgorod.
Mme de Psy, une hongroise et une virtuose d'une
force étourdissante sur le spaltérion, deux
poëtes : le sombre Maglor et le brillant Stéphane, le peintre Caron et notre confrère St-
Prix, journaliste aux *Nouveautés Vivaraises* ; enfin l'illustre Cocardas, le célèbre toréador de
Nîmes, le rival des Frascuelo et des Lajartijo,
fermait la marche en se prélassant dans la
voiture aux provisions.

On s'est fort amusé pendant toute la journée
qui a passé comme un rêve. On a sablé le champagne, cavalcadé, ascensionné, exploré au milieu des rires inextinguibles, des chants et du
feu roulant des plaisanteries.

La rentrée s'est effectuée, à minuit, au son des
trompes et des mirlitons, au bruit des pétards
et des fusées. On a soupé au grand hôtel, puis
on a été danser au parc de la Dominique, à le
clarté des lanternes vénitiennes et des feux de
Bengale. Le soleil était déjà levé quand chacun,

accablé de fatigue, tombant de sommeil, s'est décidé à aller gouter un repos bien gagné, non sans avoir préalablement absorbé quelques verres de Dominique, l'eau réconfortante et réparatrice par excellence.

. . . .

N° du Dimanche 24 Juillet

. . . .

Dialogue surpris, jeudi dernier, à l'Intermittente.

Un monsieur sérieux, assis sur une chaise. — Ah ! voilà encore Fortunata et son état-major. On ne voit plus qu'eux. On ne sait où se mettre pour être tranquille.

Une dame sévère, assise à côté de lui. — A qui le dites-vous ? Je ne peux plus faire un pas sans les rencontrer. J'en suis assez scandalisée ! Cette jeune personne est vraiment d'un laisser aller incroyable !

— Mais elle est bien jolie !

— Jolie, si on veut. D'abord elle a le nez un peu long et la bouche trop grande : avec cela un air si hardi et une toilette si extravagante !...

— Je ne trouve pas

— Ah ! vous, vous êtes comme les autres.

— Merci.

— Que viennent-ils faire ici? Encore du tapage. Tiens, ils vont au tir.

— Je plains le patron ! Vont-ils le faire endêver !

— Oui ; gare à ses pipes.

— Ils paient largement la casse, par exemple.

— C'est vrai ; c'est une justice à leur rendre. L'Anglais surtout.

— Le viticulteur ne va pas mal non plus, il paraît. Il écorne ses vignes.

— En effet. Du reste, tant mieux pour Vals.

— Ne dit-on pas que, l'autre jour, ils ont dévalisé la boutique de cette pauvre vieille marchande de dentelles, après l'avoir fait tourner en bourrique.

— Parfaitement. Ils ont tout pris ; elle criait comme un blaireau, mais ils lui ont fermé la bouche avec un billet de 500 francs, à la condition qu'elle s'achèterait un autre chapeau.

— Le fait est qu'elle en a besoin.

— Le lendemain, c'était le tour de sa voisine, celle qui vend ces petites affaires avec des hirondelles et des *je reviendrai* ou des *souvenirs de Vals* sur des banderolles.

— Oui, en bois d'olivier.

— Celle-là s'est laissé faire plus tranquillement et à présenté sa note à l'Anglais qui a payé.

— Pas bête, l'Anglais. La marchande est une belle brune. On dit aussi qu'avant hier ils ont emporté la moitié de l'exposition.

— Ils ont bien fait s'ils nous ont débarrassés des croûtes. Mon Dieu quel tapage ! Quels cris ! Quels rires ! Ils m'assourdissent.

— Que peut-il bien se passer ?

— Allez donc voir ; vous viendrez me le dire.

— C'est inutile, voilà l'illllustre Cocardassss, le célèbre toréador, qui va nous mettre au fait. Eh ! bien, monsieur Cocardas, vous ne tirez donc pas comme vos amis ?

Cocardas, dans son attitude familière, les mains passées dans sa ceinture, le béret sur l'oreille, s'avance en se dandinant.

Cacardas. — Ah ! *vaï* ! je ne coupe dans tous ces ponts là, moi. Je regarde et je marque les coups, c'est plus sûr et moins trompeur. Croit-on pas, par hasard, que je vais risquer de me faire coller une balle dans l'œil, de me faire embrocher comme un poulet, dans un assaut, ou jeter par terre dans une course ? Ça c'est vu, ces accidents là : ça se voit même tous les jours. Non, non, *n'en sièu pas d'acò*. C'est comme avec leurs histoires de jeux de balles, de boules et de croquet ; je n'y entends rien et je me demande à quoi cela peut bien servir. Ah ! si vous me parliez d'un bon petit taureau, à la bonne heure. Sur cet article, je ne crains personne. Je leur ai proposé d'en faire venir un et de le lâcher aux Quinconces avec quelques douzaines de cocardes. Alors là, on aurait vu un peu si Cocardas n'est pas toujours le roi des cocardiers ; mais ils n'ont pas voulu. *Péchaire* ! ils ont eu peur des boutonnières. Et puis, d'ailleurs, *de que me faï* ? Je n'ai pas besoin de tout cela pour avoir du succès, moi. Je me montre et ça suffit.

Le monsieur sérieux. — Evidemment.

La dame sévère. — Dites-moi, monsieur Cocardas, qu'est-ce qu'il y avait tout-à-l'heure ? Vos amis faisaient bien du bruit ?

Cocardas. — Ah ! ce n'est rien. Ils jouaient à qui casserait le plus de pipes. C'est le Baron et l'Anglais qui l'ont emporté. Vingt sur vingt chacun. C'est joli tout de même.

La dame sévère. — On prétend que ces deux messieurs serrent de très près votre amie Fortunata.

Cocardas. — C'est bien possible. Pour moi je m'en lave les mains.

Le monsieur sérieux. — On dit même qu'ils veulent l'épouser.

La dame sévère (*à part.*) — Temporairement.

Cocardas. — Que voulez-vous. Tous ses amis sont férus d'elle.

Le monsieur sérieux. — Et vous, vous ne vous mettez pas sur les rangs ?

Cocardas. — Ma foi non. Fortunata est bien bravette ; c'est une bonne petite, pas fiérote pour un sou. Nous nous connaissons depuis longtemps. Je suis même certain que je lui plais beaucoup. Mais, pour ce qui est du conjungo, n'en parlons pas. J'ai manqué de me marier une fois, avec une anglaise ; cela m'en a rassasié pour le restant de mes jours.

Le monsieur. — Que dit Fortunata de tout cela ?

Cocardas. — Ça l'amuse beaucoup ; elle rit tout le temps comme une baleine.

La dame. — Mais n'a-t-elle pas une préférence ?

Cocardas. — Je ne vous le dirai pas, car je l'ignore absolument.

La troupe dorée, criant avec ensemble. — Cocardas ! Cocardas ! Où est Cocardas ? On demande Cocardas.

Le monsieur. — Vos amis vous appellent, Monsieur Cocardas.

Cocardas. — Je sais. C'est pour la boisson.

Ce n'est pas que j'en pince, au moins, pour ces libations aquatiques. Oh! non. Je donnerais toutes les sources minérales du monde pour un panier de Champagne. Seulement, c'est moi qui tiens la comptabilité; je compte les verres.

La troupe dorée. — Cocardas, Cocardas. Ohé! Cocardas.

Cocardas. — On y va,... on y va... on y... va.

Cocardas salue d'un air bon enfant le monsieur et la dame et, sans se presser, toujours en se dandinant, les mains dans sa ceinture, va rejoindre ses amis qui s'engouffrent dans l'escalier de la Précieuse.

Le monsieur. — Si nous faisions comme eux? Si nous allions boire notre Dominique?

La dame. — Vous avez raison.

Ils se lèvent.

Le monsieur. — Cette Dominique m'a positivement ressuscité; je me sens maintenant d'une force!...

La dame. — C'est comme moi; quand je suis arrivée il y a trois semaines, on était obligé de me porter à la source.

Le monsieur. — Il n'y a pas à dire, ces eaux sont étonnantes.

La dame. — Etonnantes.

Ils partent.

. . . .

N° du Dimanche 31 Juillet

. . . .

Fortunata et ses amis continuent à s'amuser.

Courses à pied et à cheval, rallye-paper, lawn-tennis, boules, croquet, charment tour à tour leurs loisirs.

Le Baron de B... et Sir Williams Stairs sont décidément deux champions invincibles. Ils battent tout le monde et ils se partagent si également les succès qu'il est impossible de dire auquel des deux revient la palme. Si le premier est plus vif, plus nerveux, le second l'emporte par la méthode et la mesure ; si l'un a plus de coup, d'œil l'autre a plus de prudence ; si l'un fait plus de fautes, l'autre répare moins vite celles qui peut commettre. A cheval, Sir Williams a plus de résistance, il est plus maître de de sa monture ; mais le Baron a plus d'audace. A·pied, l'un fait de plus grandes enjambées; mais l'autre en fait davantage.

Ceux qui les suivent de plus près, sont, en première ligne, notre confrère St-Prix et Maglor, le poète élégiaque. Ensuite viennent le Vicomte de Magnan, le peintre Caron et les frères Henriot. Stéphane, quoique plein de bonne volonté, n'est pas de taille, aussi se désintéresse t-il généralement de la lutte et se contente-t-il de ciseler des sonnets brûlants pour la reine de ses pensées.

Quant aux dames, elles sont toutes d'une adresse extraordinaire et pourraient souvent rendre des points à leurs partenaires. La princesse, notamment, et Mme de Psy excellent à manier le maillet et le tamis et même à lancer la boule ferrée.

. . . .

N^o du Dimanche 7 Août

. . . .

Fortunata à toutes les originalités ! On n'ignore pas qu'elle est très courtisée par ses amis et que plusieurs d'entre eux ont demandé sa main. Nous pouvons ajouter, d'après nos renseignements particuliers, puisés à d'excellentes sources, — on sait, d'ailleurs, qu'il n'en existe pas d'autres à Vals, — que notre charmante provençale est toute disposée à choisir un époux. Mais, comme elle ne veut pas faire de jaloux, elle est décidée aussi à ne prendre que celui qui l'emportera sur ses rivaux, dans quelque genre d'exercice physique que ce soit. Or, ceux que leurs succès désignent le plus particulièrement sont le Baron de B... et Sir Williams. Jusqu'ici,

la fortune a partagé si exactement ses faveurs
entre eux, qu'il serait impossible de faire un
choix sans commettre d'injustice. Fortunata
s'est fort heureusement avisée d'un expédient
dont l'idée fait honneur à son imagination et
qui, nous l'espérons, tranchera la difficulté. De
par sa volonté et le pouvoir de ses beaux yeux,
ses premiers ministres, elle a décrété que celui
qui boirait, pendant un certain nombre de
jours, le plus de verres de Dominique serait
l'heureux vainqueur. En outre, pour donner
plus d'animation à ce concours d'un nouveau
genre, elle a autorisé tous les hommes valides
présents à Vals, à y prendre part, pourvu qu'ils
n'eussent pas plus de quarante ans, qu'ils ne fussent ni borgnes, ni bossus, ni boiteux, ni bancals,
qu'ils fussent affligés de beaucoup de mille
livres de rente et possesseurs d'un caractère
heureux et d'un physique agréable.

Ah ! que ne remplissons-nous ces conditions !
Comme nous nous mettrions vite sur les rangs.

Il faut reconnaître qu'on n'est pas plus ingénieux ni plus soucieux, en même temps, de la
santé de ses amis et que cette manière délicate
de les obliger, sans en avoir l'air, à faire une
cure énergique, mais salutaire est digne de
tous les éloges.

La Dominique, en effet, est non seulement douée de vertus qui en font la première des eaux ferrugineuses du monde entier, elle est encore d'une inocuité parfaite, contrairement à toutes ses similaires dont on fait tant de bruit et surtout à ces médicaments dits martiaux qui produisent le plus souvent dans l'organisme des désordres pires que le mal qu'ils sont chargés de guérir. Rien de semblable à craindre avec la Dominique. La nature, la variété, les proportions des sels qui entrent dans sa composition sont telles qu'elle offre à la fois au corps humain un remède sans pareil, s'il est malade, et un véritable aliment dont l'usage ne peut être nuisible même dans l'état de santé. Elle ne fait alors qu'accentuer l'énergie vitale, vivifier le sang, raffermir les muscles et les chairs, resserrer les téguments et les tissus, augmenter l'activité physique et intellectuelle. On pourrait peut-être lui reprocher de rendre quelquefois le caractère plus inflammable et les passions plus vives; mais, par le temps d'apathie et d'anémie morale qui court, ce ne saurait être un mal.

Il est cependant un maximum de saturation qu'on serait incapable de dépasser alors même qu'on le voudrait et qui varie suivant la quan-

tité absorbée et le degré d'aptitude physiologi-
que. Après un certain temps d'usage, on arrive
à une satiété que la nature, en mère prévoyante,
a posée comme une barrière infranchissable.
Il n'y a, par suite, aucun danger à se soumettre à
l'épreuve imaginée par Fortunata. Chacun sera
instinctivement et inconsciemment son propre
régulateur.

. . . .

N° du Dimanche 14 Août

. . . .

Le concours de Dominique est commencé depuis plusieurs jours déjà. Notre discrétion bien
connue nous fait toutefois un devoir de n'en pas
parler pour ne pas influencer le jury. Nos lecteurs ne perdront rien pour attendre.

Fortunata et ses amis jouent un jeu enragé.
Le baccarat, le chemin de fer, l'écarté à cinq
louis, les petits chevaux ont, à tour de rôle,
leurs préférences. Le peintre Caron a perdu
jeudi soir dix mille francs. Le lendemain, notre
confrère Saint-Prix s'est fait décaver de huit
mille francs et Madame Diana a gagné quinze
mille francs à Stéphane. Du reste, c'est encore
et toujours le Baron et Sir Williams qui sont les

héros de ces petites fêtes. Des monceaux d'or s'accumulent devant eux. Ils gagnent tout le temps, sauf lorsqu'ils jouent ensemble, car, alors, les chances se répartissent avec une régularité mathématique comme avant-hier aux petits chevaux, où ils ont rafflé tout l'argent de la compagnie et se le sont ensuite partagé par un dernier coup, juste par moitié. On dit que cette dualité vraiment bizarre a amené, depuis quelques jours, certains dissentiments entre ces deux messieurs. Nous n'en voulons rien croire.

. . . .

N° du Dimanche 21 Août

. . . .

On parle beaucoup d'une altercation survenue hier au salon des jeux du Casino, à la suite d'un abattage à cinq, entre deux de nos plus sympathiques baigneurs. On comprendra que nous ne les désignions pas autrement. Il y a eu provocation et échange de cartes. On affirme que le jeu n'est que le prétexte apparent de la querelle et que le véritable motif en serait une rivalité d'une autre nature. On espère toutefois que l'incident n'aura pas de suites.

Le concours de Dominique sera bientôt terminé. Nous pensons pouvoir en donner les résultats dans notre prochain numéro.

. . . .

Dernière Heure

. . . .

Nous sommes heureux d'apprendre que, grâce à l'intervention d'amis communs, l'affaire d'honneur dont nous avons parlé en première page est arrangée et qu'il n'y aura pas de duel.

. . . .

N° du Dimanche 4 Septembre

. . . .

Nous avons pu, au prix des plus grands sacrifices, nous procurer le compte rendu des opérations du concours de Dominique dressé par Cocardas, le célèbre toréador. Nous donnons, ci-après, un extrait de cet important document dont nos lecteurs nous saurons gré de leur avoir obtenu la primeur :

« Nous, Cocardas, président, vice-président, trésorier, secrétaire, assesseur, membre titulaire et suppléant du comité de direction et surveillant général, avons certifié et certifions ce qui suit :

« Par arrêté du 7 Août 188..., un concours a été institué pour. . . . .

« Le programme en a été porté à la connaissance du public à son de trompe et par la voie des affiches et des journaux. Dès que la nouvelle a été répandue, les candidats se sont présentés en foule. Plus de trois mille se sont fait inscrire en deux jours et nous avons dû clore précipitamment la liste, dans la crainte que l'affluence des buveurs n'arrivât à tarir la Dominique. Tous les candidats ont été l'objet d'un examen sérieux et d'une enquête approfondie à la suite desquels vingt et un ont été admis définitivement à concourir. Parmi ces vingt et un candidats, on compte trois Parisiens, quatre Ardêchois dont un Valsois, un Champenois, deux Bretons, deux Anglais, trois Américains, un Péruvien, deux Chinois, un Japonais, un Turc et un Portugais, douze bruns, cinq blonds, trois chatains et un chauve, dix-huit célibataires, un veuf et deux divorcés, dix-neuf décorés et dix anciens ministres.

« Sur ces vingt et un candidats, six ont dû être ultérieurement radiés, savoir : deux pour s'être permis de critiquer l'objet et le sujet du concours,

deux pour avoir tenté de corrompre le surveillant à prix d'or, un autre pour avoir cherché
à escamoter un verre d'eau dans son gilet, un
dernier enfin pour avoir essayé de démontrer à
Fortunata, par des arguments persuasifs, qu'il
n'était pas indispensable d'avoir tant bu de
Dominique pour être un mari présentable.

« Parmi les quinze candidats restants, étaient
compris les sieurs Maglor, Stéphane, Vicomte
de Magnan, St-Prix, Caron, Baron de B...
Williams Stairs Esquire et les frères Henriot.

« Les opérations du concours se sont poursui-
vies régulièrement jusqu'à ce jour, sous la direction du surveillant général. En voici le résumé :

« Trois concurrents, dont le sieur Henriot aîné,
se sont désistés au bout de quatre jours, après
avoir bu une moyenne de 30 verres par jour,
soit 120 pour chacun.

« Quatre autres, parmi lesquels les sieurs
Maglor et St-Prix, ont résisté un jour de plus, à
raison de 32 verres par jour, soit 160.

« Les sieurs Caron et Henriot jeune se sont
retirés le septième jour, ayant bu chacun 175
verres, soit 25 par jour.

« Le Valsois a atteint dix jours, avec 20
verres par jour, soit 200.

« Le Péruvien, le Japonais et le sieur Stéphane

ont tenu 12 jours avec 18 verres, soit 216 pour chacun.

« Le Vicomte de Magnan, un des deux Chinois et le Turc ont été jusqu'à 15 jours, à raison de 16 verres, soit 240.

« Enfin le Baron de B... et Sir Williams Esquire, sont arrivés hier à leur vingtième jour, à raison de 25 verres par jour soit 500, distançant de beaucoup les autres concurrents. Ils offrent de continuer jusqu'à la clôture de la saison.

« En présence de cette situation, le comité a déclaré le concours terminé et proclamé comme premiers prix ex-æquo, les dits sieurs Baron de B... et Williams Esquire. On n'a décerné ni second prix, ni accessits.

« En foi de quoi, nous avons dressé le présent procès-verbal, pour valoir ce que de droit.

« Fait double et de bonne foi à Vals, le....

Signé : COCARDAS.

No *du Dimanche 11 Septembre*

Dans notre numéro du 21 Août dernier, nous avons parlé d'une altercation survenue entre

deux baigneurs que nous nous sommes abste-
nus de nommer. Aujourd'hui, la réserve n'est
plus de saison, attendu qu'une nouvelle querelle s'étant élevée, il y a deux jours, entre les
deux mêmes personnes et l'affaire n'ayant pu,
cette fois, être arrangée, un duel s'en est suivi.

Il s'agit du Baron de B... et de Sir Williams
Stairs.

Depuis quelque temps, ils nourrissaient l'un
contre l'autre, ainsi que nous l'avions relaté
sans y croire, une sourde irritation qui n'avait
fait que croître, surtout depuis le commencement du concours de Dominique, irritation si
difficilement contenue qu'elle avait failli déjà les
mettre plusieurs fois aux prises. Or, vendredi
dernier, à 2 heures de l'après-midi, Fortunata
venait de s'asseoir à la musique. Elle avait le
Baron à sa droite et Sir Williams derrière elle.
Au bout d'un moment, ce dernier lui demande
une rose qu'elle avait à son corsage. Elle la lui
tend en riant, mais, dans le mouvement qu'elle
fait, elle rencontre le bras du Baron levé par
hasard selon lui, intentionnellement d'après Sir
Williams, dans les mains duquel la rose n'arrive
qu'à moitié effeuillée. Une phrase blessante est
lancée. La riposte ne se fait pas attendre. Un
rapide échange de mots tranchants comme

des lames se fait à demi-voix et le Baron de B..., perdant toute mesure, jette, malgré la présence de Fortunata et de plusieurs autres personnes, son gant au visage de Sir Williams.

L'insulte était publique. Une rencontre était inévitable. Elle a eu lieu hier matin à 5 heures, dans la clairière située au-dessus de la Dominique. Les témoins étaient notre confrère Saint-Prix et le peintre Caron pour Sir Williams, le Vicomte de Magnan et le poète Sylvane pour le Baron. L'arme choisie était l'épée de combat avec gant de ville et poitrine à nu. Le duel devait être arrêté au premier sang.

Mais, laissons la parole à un de nos reporters qui a assisté au combat :

A peine, nous dit-il, le sacramentel « Allez, Messieurs », a-t-il été prononcé, que les deux adversaires tombent en garde. Ils se tâtent tout d'abord avec une certaine modération, cherchant à reconnaître leur jeu, puis, peu à peu, l'animation du combat les excite et, bientôt, ils s'attaquent avec une vigueur croissante et tout-à-fait imprévue qui n'est pas sans causer une vive appréhension aux assistants, craignant de voir une simple querelle d'hommes du monde finir par un duel à mort. Le Baron surtout ressemble à un lion. Sir Williams, quoique conservant encore un reste de sang-froid, n'est plus reconnaissable. Ce n'est plus l'anglais méthodique et compassé ne laissant rien au hasard. Ses traits sont animés par la passion ; ses yeux lancent des éclairs ; ses mouvements ont une promptitude et une vigueur surhumaines. Les assistants, sous le coup de l'angoisse qui les oppresse, retiennent leur respiration. On n'entend que les brèves exclamations des combattants et le cliquetis incessant des épées qui jettent des étincelles. Ce ne sont qu'attaques, parades et ripostes, aussi pressées que savantes, aussi rapides qu'imprévues.

Comme toujours et partout, les deux adversaires sont d'égale force. Si le jeu de l'un a plus de correction, celui de l'autre a plus de fougue. Le combat restera-t-il cette fois encore indécis et la fatigue seule fera-t-elle tomber les armes des mains des combattants ?

Tout à coup, nous poussons un cri d'horreur ! Dans un coup droit simultané, le Baron et Sir Williams viennent de s'engager à fond. C'en est fait ! Bien sûr, ils se sont enferrés jusqu'à la garde. Mais quoi ! au cri d'horreur succède une exclamation de stupéfaction. Nous n'en pouvons croire nos yeux. Les deux épées se sont brisées en mille morceaux sur la poitrine des deux adversaires, sans pénétrer d'une ligne !

Nous restons un instant sans comprendre et comme hébétés : puis, la lumière se fait subitement dans notre esprit. Le Baron et Sir Williams avaient tant bu de Dominique qu'ils étaient blindés !....

Oh ! puissance incomparable de cette source merveilleuse !

. . . .

Dépêches de Minuit

. . . .

Nous apprenons, à la dernière heure, que Cocardas a enlevé Fortunata et qu'ils sont partis pour une destination inconnue. Le Baron et Sir Williams réconciliés nous quittent demain. Ils retournent l'un à ses vignes et l'autre à ses moutons.

Lecteur, faites-en autant.

LE BAIGNEUR CONVAINCU

LE BAIGNEUR CONVAINCU

A M. le Docteur LAGARDE, à Vals.

L'héritier d'un grand nom, M. Jonas de Saint-Ictère, atteint d'une hépatite chronique et invétérée est en traitement à Vals. Il suit en cela les traditions de sa famille, dont l'origine remonte aux croisades et dont tous les membres, de père en fils, ont été affligés d'une maladie de foie incurable qu'ils sont venus religieusement promener sur les bords de la Volane, jusqu'à ce que mort s'en suivît.

M. de Saint-Ictère est grand, maigre, un peu voûté. Il paraît avoir de 35 à 55 ans ; on ne peut pas savoir au juste. Ses cheveux sont rares ; mais ceux qui restent sont encore très noirs. Son teint est verdâtre, sa face glâbre ; sa peau parcheminée est collée sur des os proéminents. Ses yeux petits et brillants sont profondément enfoncés sous l'orbite et largement cernés ; son air est triste, son abord froid, sa démarche lente. Il est sobre de gestes et de paroles, s'anime difficilement et ne rit jamais.

9

M. de Saint-Ictère est un baigneur sérieux et convaincu qui ne badine pas avec le traitement. Dès qu'il arrive à Vals, il se rend chez son médecin. Il se fait palper, ausculter, percuter, stétoscoper dans tous les sens. Il tire consciencieusement sa langue, tousse et respire selon les règles. Il énumère minutieusement les diverses phases de sa maladie et définit son état avec la plus scrupuleuse exactitude. Par contre, il exige de l'homme de l'art une consultation approfondie spécifiant les moindres points de la thérapeutique qu'il doit suivre, les plus petits détails du régime qu'il doit observer. Il veut qu'on y indique exactement le nom des sources qui lui sont ordonnées, la quantité d'eau qu'il a à absorber journellement de chacune, les intervalles qu'il lui faut mettre entre les différentes absorptions. Il tient à ce qu'on y précise la durée des bains ou des douches qui lui sont nécessaires, celle de ses promenades, la composition de ses repas, la nature des aliments solides ou liquides qu'il peut se permettre, le nombre d'heures qu'il doit consacrer au sommeil, etc., etc.

Il commence sa cure sans plus tarder, muni de ce précieux document qui ne le quittera plus, armé d'un chronomètre à secondes qu'il consultera à chaque instant, d'un baromètre, d'un

thermomètre, d'un hygromètre et d'un aéro-
mètre de poche, destinés à l'avertir des varia-
tions atmosphériques même les plus légères et
à lui permettre de se garantir contre toutes les
surprises des intempéries, d'un podomètre enfin
dont la sonnerie l'avertira lorsqu'il aura fait un
nombre de pas suffisant.

Ses journées sont ainsi réglées :

Il se lève à 6 heures du matin, regarde sa langue, se tâte le pouls, fait une toilette sommaire
et va prendre sa douche qui ne doit pas durer
une seconde de plus que le temps prescrit ; il se
livre aussitôt après aux mains du masseur, auquel il a, dès le début, recommandé expressément, sous peine de privations de pourboire, de
ne jamais rien négliger de ses opérations. Il se
rhabille ensuite et se hâte d'aller faire une savante réaction. Celle-ci terminée, il se dirige
vers les sources à l'effet de boire ses trois ou
quatre premiers verres d'eau rigoureusement
mesurés dans un verre gradué au millimètre,
entre chacun desquels il laisse l'intervalle tra-
ditionnel de 20 ou 25 minutes, qu'il occupe par
un exercice modéré, mitigé de petits repos et
comprenant tant de pas à la minute, tant en
long, tant en large et tant de pauses.

On chercherait vainement à le distraire de

cette gymnastique à laquelle il attache une importance considérable, rien ne saurait l'en détourner ; il faussera compagnie à la plus jolie femme, interrompra le récit le plus intéressant, coupera la période la plus brillante pour aller, le moment venu, absorber sa rasade de Sophie, de Bosc ou de Constantine. Nul accident, nul cataclysme même ne pourraient lui faire perdre un instant ni boire un verre de moins. Montre et ordonnance en mains, il est inattaquable. Son traitement avant tout.

Ayant enfin terminé, il retourne chez lui, regarde de nouveau sa langue, se retate le pouls et se jette sur son lit Après avoir dormi pendant une heure, il achève sa toilette et, à 11 heures précises, se met à table, non sans avoir examiné attentivement le menu du déjeuner et impitoyablement récusé ce qui n'est pas absolument conforme aux prescriptions. Il mange lentement et boit de même. Dès qu'il a fini, il va faire une promenade pour faciliter la digestion. A 3 heures il se rend au bain, ayant bien soin, avant d'entrer dans l'eau, d'en vérifier préalablement la température avec son thermomètre. Son bain pris, il va boire comme le matin, revient à 5 heures tirer encore sa langue à son miroir, dîne, sort une dernière fois, rentre définitivement, consigne par écrit les observations qu'il a faites dans la journée sur son état et qui sont destinées à être communiquées à son médecin, boit quelques derniers verres d'eau et se couche à 9 heures, selon qu'il est ordonné, et qu'il ait envie ou non de dormir.

Le lendemain il recommence.

Tous les deux jours, il va conférer avec son docteur et lui faire part de ses impressions.

M. de Saint-Ictère ne joue pas, ne fume pas, ne boit pas, ne danse pas. Les plaisirs mondains le laissent indifférent, aussi bien que les beautés naturelles du pays. Il est entièrement détaché des biens de ce monde et rien n'existe pour lui en dehors des obligations de sa cure. Ne lui parlez ni d'excursions, ni de théâtre, ni de soirées, ni de dîners en ville, ni de rien qui puisse déranger la régularité de son traitement et en compromettre les résultats. Ce n'est pas lui qui s'arrêtera pour admirer les élégantes gerbes de l'Intermittente ou écouter les accords énivrants de l'orchestre du Casino, si, pour cela, il doit négliger, en un point quelconque, ce qu'il considère comme un rigoureux devoir envers lui-même.

Il a laisssé sa femme et ses enfants en son château de Triste Accueil pour ne pas être troublé par les soucis de la famille. Point n'est besoin d'ajouter qu'il ne songe nullement à profiter de son veuvage momentané pour faire quelque conquête. Peut-être, cependant, est-ce moins par vertu que par nécessité ; mais ne portons pas de jugements téméraires.

La durée du traitement est de 21 jours. Il n'en fera ni un de plus ni un de moins.

Le vingt et unième jour, il va tirer une dernière fois sa langue à son médecin, qui lui trouve, naturellement, une bien meilleure mine et lui prédit une guérison prochaine.

Il part et se fait suivre d'une cargaison de bouteilles à étiquettes variées dont, rentré chez lui, il absorbera le contenu avec sérénité, en attendant qu'il puisse revenir à Vals faire une nouvelle saison.

Voilà dix ans que cela dure et M. Jonas de Saint-Ictère ne s'en porte ni mieux ni plus mal.

Il faut avouer qu'il y a des gens qui ont le foie bien récalcitrant.

LE BAIGNEUR AMATEUR

LE BAIGNEUR AMATEUR

A M. Emile AUGIER, à Brest.

M. César Batifol, professeur de langues orientales, ami des arts et des artistes, homme de lettres à ses moments perdus, vient régulièrement à Vals depuis plusieurs années.

Il est de taille moyenne, gras à souhait, frais et rose comme une jeunesse. Il a les yeux bleus, les cheveux châtains et frisés, la barbe rousse et taillée en pointe ; sa main, aussi potelée que celle d'un prélat, est soignée à l'égal de celle d'une petite maîtresse. Sa parole est facile et abondante, son geste expressif et plein d'aisance. Il paraît content de vivre et satisfait de sa destinée.

Régulièrement il se rend à Vals au commencement des vacances et y reste jusqu'à la réouverture des cours.

Quelle maladie vient-il y soigner ?

Aucune, si l'on en juge d'après sa mine florissante. Pourtant, il se plaint de maux d'estomac et prétend avoir absolument besoin de la saison annuelle qu'il vient faire aux eaux.

Peut-être, si nous observons sa manière de se traiter, serons-nous fixés sur la nature de l'affection dont il souffre.

A peine débarqué, il va rendre la visite obligée à un médecin du lieu qui est en même temps un de ses amis. Il lui parle de la pluie et du beau temps, de la première de la veille ou de celle du lendemain, du nouveau succès de librairie, du dernier scandale, de tout enfin, sauf de maladie. Son ami ne lui remet pas moins, à la fin de la consultation, une ordonnance qu'il enfouit, sans la lire, dans une de ses poches.

C'est un des fidèles habitués de la villa Beau Sire où un appartement confortable lui est réservé et dont la propriétaire est aux petits soins pour lui. Elle connaît de longtemps ses habitudes et s'y conforme scrupuleusement ; aussi lui fait-elle porter, tous les matins, à 9 heures, un premier et délicat déjeuner qu'il absorbe voluptueusement au lit. Il se lève ensuite, procède à une minutieuse toilette et sort vers 10 heures.

M. César Batifol est connu par d'importants travaux de linguistique et collabore, dit-on, activement à deux ou trois journaux de la région et notamment au Vals-Thermal. De plus, c'est un joyeux vivant ne reculant jamais de-

vant une partie fine et s'entendant admirablement à organiser une excursion, une soirée
dansante, un pique nique où, par un hasard
heureux, les jeunes femmes sont toujours en
nombre et les jolies femmes en majorité. Aussi
a-t-il beaucoup de relations dans tous les mon-
des et est-il l'homme indispensable et la coque-
luche des dames.

Les personnages importants de l'administration locale et balnéaire ne parlent de M. César
Batifol qu'avec une respectueuse considération
et sont heureux de le consulter sur les amélio-
rations à apporter à la station. Le Directeur du
théâtre lui soumet ses programmes et ne ferait
pas un engagement sans son assentiment. Ses
amis ne peuvent se passer de ses avis ou de ses
conseils et, pour peu que vous fréquentiez le
high-life de l'Intermittente, vous vous heurtez,
à chaque instant, à quelque baigneur qui court
après Batifol ou à quelque charmante baigneuse
qui vous demande d'une voix flûtée si vous
n'avez pas vu M. César.

M. César Batifol n'est pourtant rien moins
qu'introuvable.

De 10 heures à midi, on le rencontrera sûrement aux abords des sources où il est permis de
retrouver innocemment les personnes de l'un

ou de l'autre sexe, mais plutôt de l'autre, auxquelles on peut avoir un mot à dire en particulier. Voltigeant de la Précieuse à la St-Jean, de la St-Jean aux Vivaraises, des Vivaraises à la Rigolette pour revenir à la Précieuse, remonter jusqu'à la Reine de Vals ou redescendre jusqu'à la Marie, il se désaltère indistinctement aux unes et aux autres, à seule fin de tenir compagnie aux jolies malades à la santé desquelles il s'intéresse. Arpentant tour à tour les Quinconces, le parc de la Dominique, les allées Farincourt : il quitte un de ses amis pour en aborder un autre, lâche ce dernier au bout de quelques pas pour accompagner la belle Mme de X. ou la sémillante Mlle G. Il va, il vient ainsi pendant 2 heures, riant et plaisantant avec l'un, reprenant son sérieux avec un second, glissant un madrigal à l'une, une légère épigramme à l'autre, un reproche amical à une troisième et ne comptant pas les verres d'eau qu'il ingurgite.

A midi sonnant, il rentre à la villa Beau Sire, torturé par une faim canine qu'il prend et essaie, vainement il est vrai, de faire prendre pour des crampes d'estomac. Il absorbe, sans retard, un plantureux déjeuner qu'il arrose largement de crûs généreux dont il ne compte pas davantage les verres. Un bon café agrémenté de fine champagne par là-dessus et le voilà lesté. Une longue partie de billard pour aider à la digestion, la correction d'une ou deux épreuves ou la rédaction d'un article de fond le mènent jusqu'à 3 heures. A partir de 3 heures, on est sûr de le retrouver aux concerts de l'Intermittente, lisant les journaux, prenant des notes ou combinant, avec ses amis, une partie quelconque pour le lendemain. A 5 heures, il va de nouveau vider de nombreux verres d'eau à de non moins nombreuses sources.

Vers 7 heures, son estomac fait un énergique appel à sa bonne volonté et, comme il n'est pas d'un naturel contrariant, il se met, sans plus tarder, en devoir de le satisfaire. Il dîne généralement en ville et va finir sa soirée au théâtre, quand il ne danse pas jusqu'à 3 ou 4 heures du matin. Il se couche, enfin, avec la conscience d'avoir bien rempli sa journée et s'endort du sommeil du juste.

Si, pendant son séjour à Vals, il prend quelques bains et quelques douches, c'est uniquement, dit-il, pour faire comme les autres et ne pas se singulariser ; mais je crois bien que c'est aussi pour entretenir son superbe appétit.

Lorsqu'il part, laissant d'unanimes regrets, notamment parmi la population féminine, il n'est ni moins gras, ni moins frais qu'à son arrivée ; il se plaint, toutefois, de la persistance de ses crampes d'estomac, dont les accès se reproduisent principalement à l'heure des repas, et constate qu'il sera obligé de revenir l'année suivante pour achever sa cure.

De ce qui précède, nous pouvons inférer que M. César Batifol est, évidemment atteint d'une maladie fort grave qui ne lui permettra très probablement pas de dépasser la centaine.

M. César Batifol est bien à plaindre !

CAS DÉSESPÉRÉ

CAS DÉSESPÉRÉ

A Mme Charlotte Corot, à Paris.

Maigre, frêle et pâle, presque laide, malgré deux grands yeux d'un bleu foncé superbe, une forêt de magnifiques cheveux bruns, une petite bouche aux lèvres sanglantes, une petite main et un pied d'enfant, telle était Mme la comtesse de Montenval, lorsqu'elle vint, pour la première fois, il y a trois ans, faire une station à Vals.

Mme de Montenval, mariée très jeune à un riche et plantureux propriétaire bordelais, grand amateur de bons dîners et de beautés robustes, qui n'avait pas su la comprendre, était tombée malade peu après son mariage, lequel remontait à une dizaine d'années, et avait fini par devenir anémique, névropathique, neurasthénique, hépatalgique, asthmatique, et tout ce qu'on peut être en ique. Brûlée d'une fièvre continue, dont la violence embrasait ses beaux yeux d'un feu sombre, mangeant comme un oiseau, dormant à peine, fumant du datura jour et nuit, soutenue seulement par ses nerfs, elle paraissait à bout de forces et il semblait qu'un souffle dût la renverser. En dépit de cela, toujours en mouvement, toujours par monts et par vaux, elle avait fait le tour de la France et de l'Europe à la recherche de la santé et... d'un moyen de se faire comprendre de son plantureux mari, dont elle vivait depuis longtemps à peu près séparée.

Elle avait été successivement et infructueusement aux eaux de Carlsbad, de Wiesbaden, de Contrexéville, de Cauterets, d'Allevard, de la Bourboule, du Mont-Dore et de Vichy. Elle avait passé de nombreux étés sur les plages de Boulogne, d'Etretat, d'Arcachon, de Biarritz, de Nice et de Vintimille. Elle avait consulté les praticiens les plus illustres et essayé de toutes les médications. Son état n'avait fait qu'empirer. C'est alors, qu'en désespoir de cause, elle se décida à venir à Vals.

Le médecin auquel elle s'adressa ne lui cacha pas qu'elle était dans une situation fort grave, pour ne pas dire plus, et qu'elle en avait au moins pour toute la saison. Il lui recommanda le repos le plus absolu, lui traça un régime des plus sévères et la mit à la Souveraine.

A peine installée dans une villa qu'elle avait louée pour la durée de la saison, afin d'être plus tranquille, Mᵐᵉ de Montenval, désireuse de se rétablir au plus tôt, s'empressa de commencer sa cure ; mais en apportant au programme un peu excessif du docteur certaines modifications de détail qui ne pouvaient, à son avis, qu'aider à sa convalescence.

Le médecin m'a engagé à me reposer, se dit-elle. Il a bien fait, car je me suis véritablement surmenée. Cependant, s'il faut du repos, pas trop n'en faut et quelques sorties ne sauraient me faire de mal.

Aussi, dès le premier jour, levée à 5 heures du matin, vêtue en homme, sanglée, bottée, coiffée d'un chapeau mousquetaire à larges bords, la cigarette de datura aux lèvres et suivie d'un simple valet de pied, partait-elle à cheval et trottait-elle à l'aventure, s'arrêtant successivement à Aubenas, Vogué, Villeneuve de-Berg, et retournant par la Villedieu, Pont-d'Aubenas et Ucel. Elle rentrait le soir exténuée, se couchait sans manger et tremblait la fièvre toute la nuit. Le lendemain elle semblait prête à défaillir. Cela ne l'empêchait pas, aussitôt levée, de galoper sur la route d'Antraigues, de visiter en détail le village de ce nom, de monter à la tour des anciens seigneurs du lieu, puis, traversant le pont de l'Huile ou de l'Œille, c'est-à-dire de l'Aiguille, de grimper à la Coupe d'Aizac, de se rendre de là au volcan de Crau, de revenir par la Bastide et la vallée de la Bézorgues et de tomber épuisée en route, obligeant son valet de pied à aller à toute bride chercher une voiture à Vals pour la ramener.

A peine arrivée, elle perdait connaissance.

Grand émoi à la villa !

On court chercher le médecin qui reste stupéfait, en voyant l'état dans lequel se trouve la comtesse.

— Mais vous êtes très malade, lui dit-il, lorsqu'elle revient à elle. Qu'avez-vous donc fait ? Vous vous serez trop fatiguée probablement.

Oh ! mon Dieu non, docteur ; je n'ai fait qu'une toute petite promenade.

— Bien vrai ?

— Je vous jure.

— Vous n'avez pas bu plus d'eau que je ne vous avais dit, au moins !

— Non, non.

— C'est qu'il ne faut pas badiner avec les eaux minérales.

— Soyez tranquille, je n'en ai pas abusé.

Un peu rassuré, il commande une potion calmante et promet de revenir le jour suivant.

Le lendemain, quand il arrive, on lui apprend que Mme de Montenval, est sortie en phaéton.

— Ah, ah ! je vois que la malade va mieux, fait-il. Avec ces affections nerveuses, du reste, c'est souvent ainsi. Elle a eu une bonne idée. Une courte promenade ne peut que contribuer à la remettre. Qu'elle continue sa potion. Je reviendrai la voir demain.

La courte promenade ne comprend pas moins de 25 lieues de pays.

Le médecin rencontre sa cliente le soir, au moment où elle rentre chez elle, et ne la trouve pas beaucoup plus mal en point que la veille.

— Votre sortie a été un peu longue, il me semble, lui dit-il. Cependant elle vous a fait du bien. Vous avez meilleure mine. Continuez, mais sans vous fatiguer, surtout. A propos, vous laisserez la Souveraine et vous prendrez la source des Augustins qui vous surexcitera moins.

— C'est entendu, docteur.

Telle est la vie que cette petite femme, qui ne tient pas debout et n'a que le souffle, s'avise de mener pendant son séjour à Vals. A pied, à cheval, en voiture ou en bateau, seule ou en compagnie des excursionnistes les plus enragés de la station bientôt réunis autour d'elle, elle parcourt la contrée dans tous les sens, escaladant les montagnes, dégringolant dans les précipices, dévorant l'espace, toujours essoufflée, toujours fumant son datura, sans cesse arrêtée par la fièvre, mais toujours indomptable.

Au bout de trois mois, en effet, elle a passé en revue tous les cratères d'un département moins volcanique qu'elle ; elle a remonté la Volane jusqu'à sa source et descendu l'Ardèche jusqu'à son embouchure, franchi sans broncher le pont d'Arc, visité les grottes de Saint-Marcel, de Montbrul et de Vallon, arpenté le bois de Païolive, traversé le lac d'Issarlès. Elle est montée au Gerbier des Joncs et descendue au fond du Ray Pic. Elle a visité Thueyts, Bonnefoy, Burzet, Montpezat, Largentière, Joyeuse, Ventadour, Fressenet, l'Escrinet, et son seul regret est de n'avoir trouvé personne pour tenter avec elle l'exploration de la souterraine Goule de Foussoubie, comme a fait du Bramabiau l'intrépide Martel.

C'est ainsi qu'elle a jugé à propos de se reposer. Quant aux eaux, elle en a changé platoniquement bien des fois et son médecin lui a fait prendre successivement la Madeleine, la Désirée, la Duchesse, la Saint-Louis, les Célestins, l'Incomparable, la Jeanne d'Arc, la Juliette, toute la lyre, quoi. En réalité, elle n'a peut-être pas bu en tout un litre d'eau minérale. Le temps lui a manqué.

Il est inutile d'insister sur les résultats d'une pareille médication et d'un semblable régime. A la fin de sa saison, la comtesse n'a plus que la peau sur les os et, dans sa petite figure pâle et tirée, on ne voit que ses grands yeux ardents qui paraissent encore agrandis. Elle halète, étouffe, ne peut rester ni assise, ni couchée, ni debout, n'est bien nulle part, ne mange plus, ne dort plus. Sa respiration est sifflante, sa voix à peine distincte ; elle tousse constamment. C'est un miracle qu'elle soit encore en vie.

Le docteur y perd son latin et celui de ses confrères qu'il a appelés en consultation. Ils n'y entendent plus rien ni les uns ni les autres et il faut toute la solidité de leurs convictions pour que leur foi dans l'infaillibilité des eaux qu'ils administrent ne soit pas ébranlée.

Ils dissertent longuement sur ce cas extrêmement curieux. C'est la première fois qu'il leur est donné de constater de pareils effets, et jamais le traitement, qui éprouve toujours cependant un peu, n'a fatigué de la sorte un de leurs malades. Au reste, cette aggravation des symptômes ne peut être que momentanée et elle leur paraît, en somme, plutôt salutaire que dangereuse.

— Vous ne serez pas rentrée chez vous depuis quinze jours, disent-ils très sérieusement à Mme de Montenval, que vous commencerez à sentir les bienfaits des eaux et il y a tout lieu de croire que vous passerez un très bon hiver. Il est évident, toutefois, que, pour obtenir un résultat durable, vous devrez venir faire plusieurs saisons à Vals ; mais nous sommes convaincus que, si vous voulez bien y mettre de la persévérance et continuer à observer scrupuleusement nos prescriptions, nous serons assez heureux pour vous rendre la santé.

En attendant, Mme de Montenval retourne mourante près de son mari, qui, non moins plantureux que par le passé, fait un dernier et inutile effort pour la comprendre. Il l'a vue, du reste, si souvent dans cet état qu'il ne s'en émeut pas autrement et qu'il n'en perd l'occasion ni d'un coup de dent, ni d'un coup de canif.

Pendant deux mois, la comtesse reste entre la vie et la mort.

Sur ces entrefaites, M. de Montenval, ayant passé une nuit sur un balcon dans un costume un peu léger pour la saison, attrape une fluxion de poitrine et s'en va rejoindre ses ancêtres, auprès desquels sa femme semble toute disposée à le suivre.

Cependant elle a cru devoir prendre le temps de réfléchir et a fini par trouver préférable d'épouser, à la fin de son deuil, un cousin de son mari, un Montenval aussi, mais moins plantureux, qui lui a juré de la comprendre et qui a tenu probablement parole, car elle s'est raccrochée peu à peu à la vie.

Progressivement, la fièvre s'est éteinte, la toux et les étouffements ont disparu, l'embonpoint et les couleurs sont revenus et ont rendu à la comtesse les seuls attraits qui lui manquaient pour être une fort jolie femme, dont les grands yeux, toujours ardents, brûlent aujourd'hui d'un tout autre feu.

Revenue à Vals en promeneuse, elle a renoncé aux excursions et s'est mise, en revanche, à prendre très régulièrement des eaux dont elle n'avait plus le moindre besoin, au grand contentement de son médecin, qui triomphe d'avoir vu, une fois de plus, le traitement hydrominéral réussir dans un de ces cas désespérés où toutes les autres médications restent impuissantes.

La confiance est une bien belle chose !

LES

LOUBARESSE AUX EAUX

LES

LOUBARESSE AUX EAUX

A M. Ovide JOUANIN, à Vals.

Pierret Loubaresse, le grand Pierret, fils de Pierret le long, sabotier en demi fin de la commune de Savas dans le canton de Serrières (Ardèche), examinait depuis longtemps l'éventualité d'une saison à Vals rendue nécessaire, au dire du médecin, par l'état prononcé d'anémie de la Mariette sa femme, une rousse au teint blafard, aux yeux petits et bridés, sans couleur et sans expression, à la taille façonnée à l'instar des sabots de son mari.

Le docteur insistait et prétendait que le régime de lait caillé, de bouillie de mil, de chataignes et de noix véreuses qu'avait trop longtemps suivi la Mariette, rendait urgent une réparation générale de l'immeuble absolument dégradé dans lequel habitait l'âme fruste et naïve de la dite Mariette. Pierret se grattait l'oreille indécis et perplexe.

— Tout ça, se disait-il, fait bien de la dépense et du dérangement. Si encore ça devait rétablir la Mariette. Mais, bast ! A quoi cela peut-il bien servir d'aller courir au diable pour boire de l'eau plus mauvaise que celle qu'on peut tirer du puits ? Pourtant on ne peut pas non plus se laisser accuser d'être un mauvais mari. Il faut toujours se méfier du parlage des gens. Si la femme venait à mourir, sans que je l'aie menée dans ce beau pays, où l'on fait tant de miracles, on ne manquerait pas de dire que c'est de ma faute et ça pourrait me nuire pour un autre établissement. Ces médecins c'est du monde plus instruit que nous ; ils vous ont de ces manigances d'idées auxquelles vous ne comprenez goutte et ils vous entortillent si bien que vous ne savez plus que leur répondre et que, pour finir, vous êtes obligé de les écouter, sans quoi, c'est à vous qu'on jette la pierre, si un accident arrive. Enfin, puisqu'il n'y a pas moyen de faire autrement, nous irons à Vals. Nous retirerons de la caisse d'épargne les cent cinquante francs de la dot de Mariette et nous partirons pour un mois. Allons, c'est dit. Quand nous reviendrons, si la femme est guérie, nous rattraperons cela sur la nourriture.

Le soir, à la veillée, Pierret fait part de sa réso-

lution à sa famille réunie autour d'une vaste mar-
mite dans laquelle fume une soupe hétérogène,
où chacun puise à volonté suivant son appétit.

— Nous sommes au milieu d'avril, conclut-il;
la saison commence le premier mai. Dans 15
jours nous nous mettrons en route.

La famille Loubaresse, qu'il est temps de présenter au lecteur, se compose de sept personnes
et d'un chien. Les sept personnes sont : d'abord,
Pierret et sa femme que nous connaissons déjà,
puis une fille de dix ans, la Roussotte, un garçon de six ans, le gros Thomas, un poupon à la
mamelle, le vieux Guillaume, un ancien sabotier naturellement, père de la Mariette et la
Tiennette, veuve de Pierret le long et mère du
grand Pierret.

La fille, qui marche sur les traces de sa mère,
a les pâles couleurs; le garçon a le carreau et le
poupon la gourme. Le vieux a la gravelle et
Tiennette est percluse de rhumatismes et a la
langue à moitié paralysée, ce qui la gêne bien
pour bavarder. Enfin, le petit chien, qu'on appelle Tobie, est poussif et sujet à des convulsions; quant au grand Pierret, il a des faiblesses
d'estomac extraordinaires, si bien qu'il a toujours faim quand il n'a pas soif et toujours soif
dès qu'il n'a plus faim.

La décision prise par le sabotier a été accueil·
lie diversement par les siens. La femme n'a rien
dit et n'en a vraisemblablement pas pensé davantage. Les vieux ont grogné. Le gros Thomas
et la Roussotte, enchantés de voir du pays, ont
fourré leurs doigts dans leur nez, en signe de
réjouissance, ont battu des mains avec force exclamations de joie et se sont mis à danser la
bourrée. Le petit chien a aboyé deux ou trois
fois, mais je n'ai pas pu savoir au juste si c'était
pour approuver ou protester ; enfin le poupon
s'est mis à piailler, pour faire chorus.

Quoiqu il en soit, la manière de voir des uns
ou des autres n'a pas influé sur la détermination
de Pierret qui, lent à se décider, comme tous
les paysans en général et les montagnards en
particulier, ne démord plus d'une idée, une fois
qu'il s'y est arrêté. On fait donc les préparatifs
de voyage et, au jour dit, à 3 heures du matin, on part, après avoir bien barricadé la maison. Le chef de la famille, calme et paisible,
ouvre la marche, un bâton à la main, un énorme
bissac sur l'épaule. La femme suit portant sur
sa tête un gros paquet et dans ses bras son poupon qu'elle berce avec un couplet, toujours le
même, d'une funèbre complainte sur l'auberge
de Peyrebeille. Le vieux vient après en geignant,

la vieille vient ensuite en grognant, puis la fille, puis le garçon, tantôt pleurant, tantôt riant aux éclats, et se donnant des bourrades d'amitié. Tous sont chargés d'une besace ou d'un paquet appropriés à leurs forces. Le chien poussif et convulsionnaire forme l'arrière garde.

Le monôme a mis le cap au sud et se dirige, à pas lourds et réguliers, à travers monts et vallées, par des sentiers connus seulement des gavots, vers le pays des eaux. La caravane marche toute la journée, ne s'arrêtant que pour manger, boire un coup aux ruisseaux qu'elle rencontre sur sa route et faire un somme sous un arbre, au milieu du jour. Elle franchit ainsi plus de quarante lieues, montant, dévalant, remontant et dévalant encore Elle traverse Annonay, Satillieux, La Louvesc, Saint-Félicien, La Mastre, le Cheylard, Mézillac et Antraigues et, au bout d'une semaine, fait son entrée à Vals, dans le même ordre qu'au départ.

Vals n'est pas inconnu à Pierret Loubaresse. Il y est venu en apprentissage, dans sa première jeunesse. Il y a encore des parents, des cousins, qu'il a perdus de vue, depuis près de 30 ans; mais dont il se souvient à propos pour aller demander à l'un d'eux, un sabotier bien entendu, une hospitalité non gratuite, cela va sans dire, car il ne veut être à charge à personne. Le cousin, qui est marié et père de famille, habite une vieille maison de la vieille ville, dans laquelle il est fort à l'étroit ; aussi n'est-il pas précisément enchanté de la préférence, malgré la perspective du profit et se fait-il bien prier pour mettre à la disposition des Loubaresse un grenier assez peu confortable, quoique fort bien aéré, dont le loyer est fixé à dix sous par jour et où toute la smala s'empile philosophiquement.

L'installation de la famille terminée, ce qui n'est pas long, Pierret songe qu'il ne faut pas perdre de temps et que, puisqu'on est venu à Vals pour soigner la femme, il importe de commencer au plus tôt et, tout d'abord, d'aller voir un docteur. Lequel ? ça lui est égal, car il n'a pas plus de confiance dans les uns que dans les autres et tout ce qu'il fait est uniquement pour l'acquit de sa conscience. Voyant qu'il n'a pas de préférence, le cousin lui donne l'adresse de son médecin, espérant vaguement que celui-ci, touché de l'attention, se dispensera de lui envoyer sa note à la fin de l'année. Il pousse même la complaisance jusqu'à conduire le monôme qui s'est reformé, Pierret en tête et Tobie en queue, afin qu'il ne se trompe pas et ne quitte ses parents que devant la maison de l'homme de l'art, dont le cabinet, leur dit-il, est au premier étage.

Ceux-ci montent lentement et gravement à la queue leu leu. Arrivé au premier, Pierret sonne. Une bonne vient ouvrir et fait entrer tout le monde dans une petite pièce où attendent déjà deux ou trois clients. Parents et grands parents s'asseoient sur les chaises disponibles pendant que Thomas et la Roussotte, moins gênés que gênants, vont et viennent, ouvrant de grands yeux et touchant à tout. Ils rient bruyamment, se poussent, se donnent des bourrades et finissent par se rouler sur le tapis et se jeter dans les jambes des clients effarés. Ils pleurent, se disputent, s'embrassent, se mouchent avec leurs doigts, décrochent les rideaux de la fenêtre en tirant dessus, arrêtent le balancier de la pendule et déchirent des livres qui sont sur une table. De son côté, Tobie, pressé par un besoin inopiné, se soulage discrètement sur la robe d'une dame et le poupon, pour ne pas être en reste, s'oublie dans ses langes. La Mariette, s'étant aperçue de la chose, se met à démailloter son rejeton pour le nettoyer, ce qui ne l'amuse sans doute pas, car il commence à brailler comme si on l'écorchait.

Au bout d'un quart d'heure, les clients effrayés pour leurs tibias, agacés par les cris du marmot, menacés dans leur odorat par des parfums aussi peu exotiques que possible, se lèvent exaspérés et s'enfuient, laissant les Loubaresse, maîtres du terrain.

Peu après, le médecin ouvre la porte de son cabinet et toute la cohorte, le grand Pierret en tête, y pénètre et se range en bataille devant le docteur stupéfait. Intimidés par la vue de l'habit noir du monsieur, Thomas et la Roussotte font trêve à leurs jeux et se tiennent immobiles et il n'est pas jusqu'au petit chien qui, assis sur son derrière, n'observe une attitude grave et recueillie.

Le médecin regarde en silence ces singuliers clients et attend qu'ils s'expliquent.

Le grand Pierret prend la parole.

— Monsieur, dit-il, je suis venu vous trouver pour ma femme que voilà et qui n'a plus tant seulement la force de soulever un demi sac de blé. Le docteur de notre pays, qui n'est pas un niais au moins, lui a dit, comme ça, qu'elle avait une maladie qui a un drôle de nom que je ne me rappelle plus et nous a envoyés à Vals. Alors, mon cousin Eustache Loubaresse, sabotier près de la grande rue, que vous connaissez bien, m'a donné votre adresse.

Le médecin fait approcher la Mariette, l'ausculte, la palpe, la questionne consciencieusement. Son opinion faite, il rédige une ordonnance qu'il remet au mari.

— Vous suivrez exactement, lui dit-il, les prescriptions indiquées sur ce papier et vous ferez prendre à votre femme trois verres d'eau de la source Impératrice matin et soir. Elle viendra me revoir dans huit jours.

— Je vous remercie bien, et..... combien que ça coûte ? demande anxieusement le grand Pierret.

— Ce n'est que trois francs pour les pauvres gens.

Notre homme tire péniblement d'une bourse de cuir et dépose sur le bureau du docteur trois pièces blanches dont deux sont démonétisées.

— Ah ! par dessus le marché, fait-il ensuite, vous me donnerez bien un petit conseil pour le vieux qui souffre que c'est une pitié.

Le médecin examine le vieux et lui ordonne la source du Parc.

— Et puis, il y a la vieille, continue Pierret, qui est quasiment paralysée. Qu'est-ce qu'il faudrait lui faire, selon vous ?

Nouvel examen et nouvelle prescription. La vieille prendra de l'eau des sources Farincourt.

Après la vieille, vient le tour du gros Thomas et de la Roussotte qu'on met, l'un à la Préférée et l'autre à la Rigolette. Enfin pour les gourmes du poupon, le médecin conseille la Pauline.

Pierret se confond en remerciements et va pour se retirer ; puis, se ravisant :

— Mais, puisque les eaux sont bonnes pour tout, dit-il, je ferais peut-être bien d'en prendre aussi moi, car j'ai des défaillances d'estomac terribles et il me semble, par moments, que je vais quasiment m'évanouir, sauf votre respect.

Le docteur ordonne la Jeanne d'Arc souveraine contre les défaillances d'estomac et congédie la smala, au moment où Pierret se disposait à lui demander son avis sur les convulsions de Tobie.

A peine descendue, la théorie des Loubaresse se dirige vers le bassin des eaux et, après d'assez longues recherches, finit par découvrir l'Impératrice. Le grand Pierret tire alors de sa poche un énorme gobelet d'étain qui doit tenir bien près d'un demi litre et le passe à sa femme. Celle-ci, par trois fois, le fait remplir et, par trois fois aussi, le vide d'un trait ; puis, comme tout le monde a soif, le gobelet passe de main en main.

On fait boire un peu d'Impératrice au poupon
et au petit chien qui n'a pas l'air de trouver ça
positivement délicieux et l'on se rend à la source
du Parc où le gobelet fait de nouveau le tour
de la Société, depuis le grand Pierret jusqu'au
brave Tobie. De là, on passe aux sources Farincourt, puis à la Préférée, puis à la Pauline dont
on fait les honneurs au poupon, puis à la Jeanne
d'Arc souveraine pour les faiblesses d'estomac
et, chaque fois, le gobelet circule de plus belle.
Ne faut-il pas goûter aux eaux ordonnées à
chacun des membres de la famille ?

Gorgés d'eau, les Loubaresse regagnent enfin
lentement leur grenier, où, après avoir dévoré
une énorme miche de pain que le grand Pierret
arrose, pour sa part, d'un petit verre de dur,
ils s'endorment dans la paille et ronflent bientôt
comme des tuyaux d'orgue.

Le lendemain, à neuf heures, après avoir fortement écorné une nouvelle miche, le monôme
retourne aux eaux et recommence sa tournée, buvant à l'Impératrice, buvant au Parc,
buvant à Farincourt, buvant encore, buvant
toujours. Il revient ensuite dans son ordre im-
muable, regrimpe dans sa tanière, redévore une
miche de pain gargantuesque et se remet à
ronfler.

A 3 heures, nouvelle descente, nouvelle inva-
sion et nouvelle tournée et même programme les
jours suivants. C'est ainsi que les Loubaresse
comprennent le traitement ordonné à chacun
d'eux. — Ce qui fait du bien à l'un ne peut pas
faire de mal à l'autre, pense le grand Pierret. —
Quant à l'ordonnance, personne ne l'a lue, à
plus forte raison ne l'a-t-on pas exécutée; à
quoi bon, d'ailleurs, se casser la tête sur tous
ces grimoires qu'on ne peut seulement pas
déchiffrer ? C'est trop d'histoire. Les eaux seules
suffiront bien, puisqu'elles sont si puissantes.
Le fait est qu'au bout de huit jours de ce traitement largement éclectique, les Loubaresse se
sentent beaucoup mieux. La Mariette est moins
blafarde, la Roussotte a plus de couleurs, les
gourmes du petit commencent à tomber ainsi
que le ventre du gros Thomas. Le vieux geint
moins ; la vieille ne grogne plus autant et ba-
varde davantage et Tobie n'a presque plus de
convulsions. Seul, Pierret a toujours des défaillances d'estomac ; les eaux ne lui font rien. Il
n'y a que la miche et le petit verre de dur qui
le calment un peu. Aussi peste-t-il après ces
eaux, ces fameuses eaux, qui, décidément, ne
sont pas bonnes à grand'chose et qu'il enverrait
bien à tous les diables, s'il ne voulait en avoir

pour son argent, car il faut dire qu'il s'est con-
formé aux usages et a généreusement rému-
néré les verseuses, n'ayant pas, à cet effet, sorti
de sa bourse de cuir moins de sept sous, dont
un mauvais, en huit jours.

La semaine expirée, Mme Loubaresse parle de
retourner chez le médecin, comme il le lui a
recommandé.

— Pourquoi faire ? dit le grand Pierret ; puisque les eaux te font du bien, il n'y a qu'à continuer. Va, il ne t'en dira pas plus et ça coûtera
encore trois francs. Ce n'est pas la peine. J'en
sais maintenant autant que lui.

Et là-dessus, monôme de se reformer, gobelet
de fonctionner, miches de disparaître et tuyaux
d'orgues de ronfler de plus belle.

Une seconde semaine, une troisième passent
ainsi sans autres incidents que les hauts faits du
gros Thomas et de la Roussotte qui, sans trêve,
se querellent, se pourchassent, se battent, se
jettent dans les jambes des baigneurs et font
instantanément le vide autour d'eux, sous le
regard paterne de leur dynastie impassible et
satisfaite, Pierret sort, cependant, un jour de
son caractère et administre à ses héritiers une
maîtresse raclée pour leur apprendre à respecter... Quoi ? Les jambes des baigneurs ? Non pas,

mais la verrerie des verseuses ; ils ont, en effet,
dans leurs exubérants ébats, renversé une table
sur laquelle étaient artistement déposés de jolis
verres de toutes couleurs et de coquettes bouteilles. Notre homme en a eu pour ses six francs,
et il a dû, après bien des discussions émaillées
d'un nombre incalculable de mais, de si et de
car, sortir de la fameuse bourse et aligner six
belles pièces blanches parmi lesquelles il a eu,
du moins, la consolation d'en glisser deux ou
trois qui n'avaient plus cours.

Le grand Pierret n'est pas content et il y a de
quoi, d'autant plus que le mieux qui s'était ma-
nifesté, d'abord, dans l'état des malades n'a
malheureusement pas duré. Au bout de trois
semaines d'inondations intérieures, la Mariette
est plus blafarde que jamais, le vieux geint à
fendre l'âme et la vieille ne peut plus parler du
tout. La Roussotte a perdu ses couleurs et le
gros Thomas a retrouvé son ventre. Quant au
poupon, il a plus de gourmes que jamais et le
petit chien devient de plus en plus convulsionnaire. On persiste cependant dans l'exercice du
gobelet, avec l'espoir que tout cela passera.
Mais bientôt un nouveau symptôme vient, en
s'ajoutant aux autres, augmenter la colère de
Pierret Loubaresse et précipiter les événements.

L'abus que les gavots ont fait du gobelet a produit un tel relâchement de leurs tissus intérieurs, que... que..., ma foi je ne sais pas comment expliquer ça. Enfin les Loubaresse petits et grands se voient, à tout instant du jour, obligés de rechercher la solitude pour mieux se recueillir et l'on sait si la solitude est facile à trouver à Vals, à cette époque de l'année. Aussi sont-ils constamment dérangés dans leurs réflexions et même traqués par les gardes qui n'admettent pas qu'on se recueille au grand soleil et les menacent de procès-verbaux pour attentats à la pudeur.

Indigné, fulminant contre les eaux, contre Vals et les Valsois, contre tout, le grand Pierret ordonne à son monde de plier bagages. Il règle son loyer avec le cousin Eustache, non sans lui rabattre un franc cinquante d'escompte et sans lui glisser quelques pièces fausses et, un beau matin, donne le signal du départ.

Le monôme reformé quitte le pays, en secouant la poussière de ses sabots à la porte d'une ville aussi peu hospitalière et reprend lentement, plus lentement qu'au départ, le chemin de ses montagnes. Ils rembraquent leur fil, comme disent les marins, et repassent par Antraigues, Mézillac, Le Cheylard, la Mastre, La

Louvesc, Saint-Félicien, Satillieux et Annonay, parcourant les mêmes sentiers connus seulement des gavots. Mais je ne sais si la route est plus longue dans un sens que dans l'autre, toujours est-il qu'ils mettent près de quinze jours pour refaire un trajet qu'ils ont fait en huit un mois auparavant. Il est vrai qu'il leur faut constamment, s'arrêter les uns ou les autres ou tous ensemble, pour se livrer à de nouvelles réflexions sur l'efficacité des eaux de Vals, de telle façon que, si quelqu'un avait voulu courir après eux pour leur rapporter le gobelet qu'ils ont, dans leur précipitation, oublié chez le cousin Eustache, on n'aurait eu, pour les retrouver, qu'à suivre les jalons qu'ils ont pris soin de déposer le long de la route et qui remplacent, peu avantageusement peut-être, les cailloux blancs du petit Poucet.

Enfin ils arrivent à Savas, maigres, hâves, défaits, pestant, jurant, grognant, geignant, pleurant à qui mieux mieux, ayant laissé en chemin le pauvre Tobie, auquel les eaux n'ont décidément pas réussi et qui a passé de vie à trépas dans une dernière convulsion.

Rentrés chez eux, les Loubaresse ont repris leurs occupations habituelles, interrompues de temps en temps par un besoin impérieux de se livrer aux plus pénibles réflexions. La Mariette a continué à bercer son poupon avec le même couplet de la même complainte sur l'auberge de Peyrebeille et à le débarbouiller sur toutes les faces, ce qui est loin d'être une sinécure. Pierret s'est remis à ses sabots en demi fin, en sacrant après la médecine et les médecins qui ne sont que des ânes et ne cherchent qu'à tromper le pauvre monde ; mais content tout de même d'avoir fait son devoir, à cause du parlage des gens et en prévision de ce qui peut arriver.

Se trouvant, au bout de quelques jours, un peu plus tranquille et étant moins absorbé par ses réflexions, il a établi le compte de ses dépenses à Vals.

Voici ce compte que j'ai pu me procurer et qui donne un éclatant démenti aux gens de mauvaise foi qui prétendent que la vie est hors de prix dans la cité des eaux :

Frais de route, de coucher et autres, à l'aller et au retour . . . .   12 fr. »»
Loyer chez le cousin Eustache   13   50
Soixante miches de pain de 8 livres l'une, à 30 cent. le kilo.   72   »»

A reporter . . . .   97 fr. 50

Report	97 fr.	50
Haricots, fromage, cervelas, olives, etc.	19	»»
4 litres de dur pour les défaillances, à 2 fr. 50 l'un	10	» »
Casse	6	»»
Médecin	3	» »
Pourboires aux verseuses	»»	85
Hochet pour le poupon	»»	50
Toupie pour Thomas	»»	15
Poupée pour la Roussotte...	»»	65
Tabatière pour la vieille	»»	45
Pipe pour le vieux	»»	20
Boucles d'oreilles pour la Mariette...	1	55
Dépenses diverses	»»	15
Total....	140 fr. »»	

Pierret replace dix francs à la caisse d'épargne et invite sa femme à se restreindre et à faire des économies sur sa nourriture, pour reconstituer son capital fortement ébréché.

En somme, c'est pour elle qu'on a gaspillé tant d'argent ; il n'est donc que juste qu'elle se prive un peu.

Il semble bien à la Mariette qu'on aurait mangé tout de même à Savas et que, par suite, elle ne devrait pas supporter seule le poids de la dépense faite pendant le voyage; mais, en épouse respectueuse, elle garde son idée pour elle.

Un an après — le vieux, la vieille, la Mariette et le poupon sont morts. Il ne reste plus que Thomas, la Roussotte et le grand Pierret, lequel est remarié et affirme plus que jamais que les eaux minérales sont des abominations et que le dur est encore ce qu'il y a de mieux contre les défaillances d'estomac et autres.

AUTOUR DU CHALET

AUTOUR DU CHALET

A M. Louis Roussillon, à Avignon.

Il existe à Vals, je n'ai pas besoin de dire en quel endroit, un chalet de lecture dans les subs-tructions duquel sont ménagées des grottes où jaillissent plusieurs sources dont l'une est re-marquable par les interminables glouglous dont elle agrémente son débit.

Or, ce chalet est le rendez-vous d'une catégorie de baigneurs particulièrement intéressants.

A toute heure de la journée, on y remarque une nombreuse affluence de gens des deux sexes plongés dans l'étude d'un livre ou d'un journal qui semble énormément les intéresser. Voilà, se dit-on, de fervents amants des muses, des passionnés de littérature ou des assoiffés de politique. Erreur ! Ce sont simplement des ma-lades qui se donnent ainsi une contenance. Observez les : leur teint est échauffé ; leurs sour-cils sont énergiquement froncés ; leurs lèvres contractées par un rictus amer et désenchanté, leurs gestes fiévreux et saccadés. Ils roulent des

yeux furibonds et leur voix est rauque et caver-
neuse.

Quand, par hasard, deux d'entre eux s'abor-
dent, ce n'est qu'avec des airs tragiques de cons-
pirateurs décidés à tout. S'ils échangent quelques mots rapides, c'est sur un ton qui donne à
penser qu'ils nourrissent les plus noirs desseins.

— Bonjour, dit l'un d'un air furieux.

— Bonjour, fait l'autre d'un air féroce.

— Comment cela va-t-il ?

— Mal.

— Rien de nouveau ?

— Non, pas de résultat. Et vous ?

— Rien non plus. C'est bien long !

— A qui le dites-vous ! On n'avance pas.

— Voilà trois semaines que je suis ici.

— Et moi quinze jours.

— Aussi, je pars demain. A quoi bon rester
davantage ?

— C'est évident. On n'aboutira pas,

— Adieu.

— Adieu.

Ils se quittent là-dessus brusquement.

L'un se précipite dans les grottes et engloutit
rageusement deux ou trois verres d'eau. L'autre,
après s'être assuré qu'il n'a pas oublié ses papiers, s'éloigne d'un pas rapide et disparaît

dans les fourrés qui entourent le chalet. Que va-t-il y faire ? On ne sait. Il en revient au bout d'une demi-heure portant sur sa figure les traces de la violence qu'il a dû s'imposer probablement pour... contenir sa colère. Il se jette sur une chaise dans une attitude farouche, arrache un journal des mains du libraire et brutalise tellement la malheureuse feuille qu'elle se partage en deux, ce qui achève de l'exaspérer.

A peine, du reste, en a-t-il parcouru quelques lignes qu'il la lance au nez du marchand, se lève comme mû par un ressort et court avaler, à son tour, quelques verres d'eau, en apostrophant la verseuse avec l'accent d'un homme qui va, pour le moins, la faire révoquer.

— C'est une indignité, dit-il, de débiter des eaux qui ne font pas plus d'effet et je m'en plaindrai à qui de droit.

Comme c'est bien le langage de ces esprits frondeurs et chagrins qui ne sont jamais satisfaits de rien et auxquels tout prétexte est bon pour donner cours à leur bile !

Sans attendre, du reste, les protestations de la verseuse, le baigneur s'élance hors des grottes et, s'il rencontre sur ses pas quelqu'une de ses connaissances, le même laconique et obscur dialogue recommence : Bonjour. Comment cela va-t-il ? Mal. Rien de nouveau ? Non, pas de résultat, etc.

Cependant, il s'arrête. Il s'écoute. Il se tâte. Sa figure s'éclaire vaguement et il s'élance de nouveau dans les fourrés, comptant probablement sur un meilleur succès que la première fois. Ce n'est que bien longtemps après qu'il en ressort, hélas ! dans l'attitude navrée d'un homme renonçant désormais à tout espoir.

Observez la plupart des habitués du chalet et vous les verrez se livrer au même manège, aux mêmes fugues, aux mêmes retours furieux et désolés.

Les dames elles-mêmes ne sont pas, paraît-il, exemptes de ces petites vicissitudes dont, d'ailleurs, la garde qui veille aux barrières du Louvre ne défendait pas davantage les rois, quand il y en avait. Mais elles sont plus réservées dans la manifestation de leurs impressions. Elles ne se donnent pas la peine de faire des mouvements inutiles ; elles restent tranquillement assises, feuilletant le roman obligé, et cherchent patiemment la solution des hautes questions qu'elles sont venues résoudre à Vals. Comme elles sont très absorbées par leurs recherches, elles parlent généralement peu et leur conversation roule sur des sujets tellement spéciaux qu'il est difficile de se faire, d'après cela, une idée de leurs opinions politiques ou littéraires. Ce qu'on peut dire c'est qu'elles paraissent juger le livre à la mode surtout d'après la qualité du papier, ce qui, après tout, est un point de vue comme un autre.

Il arrive, parfois, qu'un baigneur qu'on a quitté la veille aussi sombre que le chevalier de Triste Figure, aussi subversif que plusieurs anarchistes réunis, arrive le lendemain transformé. Son teint est reposé, ses traits sont détendus ; il semble léger comme une plume. Il est joyeux et de l'humeur la plus accommodante.

Ses compagnons ne prennent pas la peine de le questionner sur la cause de ce changement. Chacun la devine sur l'heure et on félicite chaudement l'heureux mortel, non sans le regarder d'un œil d'envie.

Il accepte les compliments et les poignées de main d'un air de supériorité protectrice. Il cause abondamment, rit, plaisante, fait des mots, et s'applique à combattre le scepticisme obstiné de ses coréligionnaires en hydrolatrie, et de leur démontrer que tout est pour le mieux dans la meilleure des stations balnéaires possible et qu'il n'est pas nécessaire de faire des révolutions pour changer le cours des choses. Mais ceux-ci

se refusent d'autant plus énergiquement à ad·
mettre ces théories par trop optimistes que le
fait dont se réjouit le nouveau Pangloss ne se
renouvelle que fort rarement et que la plupart
des habitués du chalet sont obligés de s'en
retourner dans leurs foyers comme ils sont
venus, ce qui est bien dur, on en conviendra.

Lecteur, ne vous creusez pas la tête pour
deviner quelle est la maladie dont souffrent ces
malheureux baigneurs et surtout ne les prenez
pas pour des ennemis du gouvernement se
réunissant à Vals afin d'y ourdir plus tranquille·
ment leurs trames.

Un mot vous éclairera complètement sur
leur compte, si vous ne l'êtes déja suffisam·
ment.

Ce sont des tributaires de la laxative Camuse,
Ce sont des camusards.

LE PETIT CHAPEAU

LE PETIT CHAPEAU

A Mlle Annic COMPAIN, à Paris.

I

M. Annibal de Cingalette, jeune attaché d'ambassade, et Mme de Cingalette, née Placide de Trépignant, deux jeunes mariés de six mois, arrivés depuis peu à Vals, où ils viennent en villégiature, se promènent lentement dans les allées Farincourt.

Le mari, un assez joli garçon de 28 ans environ, paraît très empressé auprès de sa femme. Madame, qui est dans une position légèrement intéressante, fait la moue, une moue adorable du reste, et semble accueillir plus que froidement les prévenances de son époux. C'est une belle blonde de 22 à 23 ans, aux yeux de pervenche, au visage pâle et distingué, à l'air languissant et ennuyé.

— Eh bien, ma chérie, demande M. de Cingalette à sa femme, en la regardant tendrement, que penses-tu de Vals?

Madame, pour toute réponse, esquisse un geste d'une parfaite indifférence.

— Ne trouves-tu pas le pays joli ?

— Peuh !

— Ces avenues, ces promenades ombragées ne sont-elles pas charmantes ?

— Je ne dis pas.

— Cette rivière qui serpente capricieusement n'est-elle pas pittoresque ?

— Elle est surtout très caillouteuse.

— Et ces collines, vois donc comme elles sont verdoyantes et gaies avec leurs coquettes villas cachées sous les arbres.

— Trop cachées.

— Quelle belle vue on doit avoir de là-haut !

— Mais il faut y monter.

— N'aimerais-tu pas y posséder une jolie petite maison où nous viendrions passer quelque temps tous les étés ?

— Ma foi non.

— Tu préférerais peut-être ce superbe château avec ses clochetons élégants qui ressemblent à des éteignoirs.

— Pas davantage.

Un silence.

Monsieur regarde sa femme encore plus tendrement.

— Tu souffres, ma chérie?

— Nullement.

— Tu es fatiguée?

— Pas du tout.

— Tu t'ennuies?

Madame étouffe un baillement prolongé.

— Veux-tu que nous allions faire une excursion aux environs?

— A pied?

— Non, en voiture.

— Pour verser en route?

— Eh! bien, à pied alors. Tiens, seulement jusqu'à la Bézorges.

— Comme ça? Tous les deux?

— Dam!

— Bien obligée.

— Mais tu te plains qu'ici il y a trop de monde. C'est pour cela que je t'offre une promenade solitaire. Moi, j'aime beaucoup la sollitude en ta compagnie.

— Oh! vous.....

— Descendons aux Vivaraises; nous nous assoierons dans les grottes.

— Sur les pierres? Merci.

— Nous goûterons les eaux.

— Beau plaisir!

— Tu sais que le médecin te les as recommandées.

— Oui, je sais.

— Si ta santé l'exige, il faut.....

— Pour Dieu, laissez-moi tranquille avec vos eaux. Vous m'horripilez. Si c'est pour cela que vous m'avez fait venir à Vals, vous pouviez bien me laisser à Paris.

Second silence.

Monsieur ne sait plus à quel saint se vouer ni quoi imaginer pour distraire sa femme sur laquelle il jette un regard où le découragement se mêle cette fois à la tendresse. Ils font encore quelques pas dans l'avenue. Les accords de l'orchestre du Casino arrivent jusqu'à eux. M. de Cingalette saisit avec empressement cette planche de salut.

— Ah! la musique commence. Marchons un peu plus vite, veux-tu?

— Pourquoi faire?

— Pour arriver plus tôt. Nous prendrons des chaises et nous écouterons quelques morceaux.

— Allons, puisque cela vous amuse d'entendre des rengaînes.

— Comment, des rengaînes? On joue tout ce qu'il y a de plus nouveau.

— Au reste, si vous êtes pressé, allez devant.

— Tu sais bien, ma chérie, que je ne te quitterai pas.

Ils entrent dans le parc. Monsieur présente un siège à Madame.

— Asseyons-nous ici ; nous serons très bien.

— Comme vous voudrez.

Ils s'assoient à côté l'un de l'autre.

Troisième silence.

Monsieur écoute religieusement la musique, pendant que Madame laisse errer distraitement et languissamment ses regards un peu partout.

Tout à coup elle tressaille. Son visage pâle se colore légèrement ; ses yeux brillent ; sa figure s'anime.

— Oh ! mon ami, dit-elle vivement, en posant la main sur le bras de son mari pour mieux attirer son attention. Oh ! mon ami.

— Qu'est-ce qu'il y a ? fait M. de Cingalette effrayé. Es-tu malade ?

— Non, mais voyez donc.

— Quoi ?

— Là.

— Où là ?

— Devant vous, en face.....

— ?.....

— Vous ne voyez pas ?

— Non.

— Aussi vous ne regardez pas où il faut. Là, devant vous, cette bonne vieille.

— Quelle bonne vieille ?

— Qui vend des dentelles.

— Ah ! j'y suis Eh bien ?

— Quel amour de petit chapeau elle a !

— Quoi ! cette espèce de tourte ?

— Une tourte, vous l'avez dit, sur une assiette renversée, avec un bord en velours.

— Comment, tu trouves ça joli ?

— Ravissant.

— Allons, ce n'est pas sérieux.

— Très sérieux, au contraire.

Monsieur, ahuri, regarde sa femme avec inquiétude et paraît craindre qu'elle ne soit prise d'un accès subit d'aliénation mentale.

— Annibal, tout à l'heure, vous cherchiez ce qui pourrait me faire plaisir.

— Avec le regret de ne pas trouver, je l'avoue.

— Vous m'aimez, n'est-ce pas ?

— Si je t'aime ! Ah ! tu le sais bien.

— Il faut me le prouver.

— Tout de suite ! C'est-à-dire non. Enfin...

— Quoi ?

— Rien *(A part)*. Je me comprends.

— Etes-vous capable de faire un sacrifice ?

— Tous les sacrifices, mon amie.

— Jurez-vous de m'accorder ce que je vous demanderai ?

— Si je le jure ! Plutôt dix fois qu'une.

— Eh ! bien, mon chéri, achète-moi un petit chapeau comme celui-là.

Tableau !

— Tu veux ?...

— Oui, Annibal, oui, je veux un petit chapeau comme celui de la marchande de dentelles.

— Mais tu n'y penses pas.

— Voyons, mon bon petit Annibal, tu ne voudrais pas me contrarier, surtout maintenant.

Assurément non ; aujourd'hui moins que jamais.

— Songe que cela pourrait avoir des conséquences très graves. Si notre enfant allait venir au monde coiffé d'un petit chapeau.

— Oh !... Je ferais tout pour éviter une telle calamité.

— Alors, contente mon envie.

— Ma bonne Placide, je t'en conjure, sois raisonnable. Ecoute, veux-tu que je fasse venir de Paris le bracelet que nous avons vu l'autre jour chez Véver ?

— Non.

— Veux-tu autre chose ? Des boucles d'oreilles, une broche ?

Non non ; je ne veux rien que ce petit chapeau.

— Mais enfin c'est de la démence. Ce petit chapeau est une véritable horreur.

Une horreur !

Sur ce mot malencontreux, Madame écarte brusquement sa chaise et regarde son mari d'un air terrible. Ses yeux de pervenche lancent des éclairs imprévus dont elle foudroie à l'improviste le pauvre Annibal désolé de son imprudence.

— Une horreur ! répète-t elle indignée. Une horreur ! Ce chapeau si coquet, si gracieux, si élégant, vous l'appelez une horreur ! Dites donc tout de suite que vous ne voulez pas obtempérer à mon désir. Dites-le ; ce sera plus simple et plus loyal. Ayez au moins le courage de votre cruauté. Du reste, cela n'a rien qui m'étonne de votre part ; j'y suis habituée. Il suffit que je désire une chose...

— Tu conviendras aussi que tu as parfois des envies bien difficiles à satisfaire. L'autre jour ne voulais-tu pas que je t'achetasse un petit éléphant. Nous vois-tu dans Paris, à un deuxième étage, avec un éléphant en sevrage !

Oh ! vous ne vous êtes pas gêné pour me le refuser.

— Comprends donc, ma chérie...

Oui, votre chérie, pourvu que je fasse tous vos caprices et que je me prête à toutes vos fantaisies ; mais vous, pour en satisfaire une seule des miennes, jamais. Monsieur se croirait déshonoré.

— Je t'assure...

— Assez. Cette fois, je ne céderai pas. Voulez-vous, oui ou non, me promettre un chapeau comme celui-là ?

— Mais...

— Répondez.

— Enfin...

— Vous ne voulez pas ? C'est bien.

Là-dessus, Madame se lève précipitamment et, plantant là son époux absolument médusé, s'éloigne à pas pressés et rapides qui n'ont plus rien de la démarche languissante d'une faible femme accablée sous le poids de... sa responsabilité.

Monsieur, revenu de son premier mouvement de stupeur, s'élance sur ses traces et la rejoint bientôt. Il cherche vainement à lui faire entendre raison. Toute son éloquence échoue devant le parti pris bien arrêté de Madame de ne pas se laisser convaincre.

Ils arrivent ainsi au Grand Hôtel des Bains où ils sont descendus. Madame monte, non pas à sa tour, mais à son appartement et, appelant sa femme de- chambre, lui intime, d'une voix brève , l'ordre de faire immédiatement ses malles, pendant qu'elle consulte un indicateur des chemins de fer.

Annibal, qui s'est laissé tomber sur une chaise, regarde, pendant un certain temps, sa femme faire ses préparatifs, aller, venir fiévreusement, stimuler le zèle de sa camériste et l'aider à empiler ses robes dans ses malles. Enfin il se hasarde à lui demander ce que cela signifie.

— Je pars, répond Madame sèchement.

— Tu veux dire que nous partons.

— Du tout. Je vous défends de m'accompagner.

— Comment ?

— Je rentre à Paris et je me retire chez ma mère. Pauvre mère ! Elle me l'avait bien dit. Elle vous connaissait mieux que moi. Ah ! si je l'avais écoutée.

Monsieur prie, supplie, s'humilie. Madame, sans se laisser émouvoir, ferme ses malles et sonne. Un garçon paraît. Elle lui commande d'aller chercher une voiture et de descendre ses bagages. Cinq minutes après, ses ordres sont exécutés. Alors, se tournant vers le triste Annibal et prenant un air digne des Trépignant où l'on aurait de la peine à découvrir une trace, même homœpathique, de langueur,

— Je vous répète, lui dit-elle, que je vous défends de m'accompagner, et, comme, avec vous, on peut s'attendre à tout, je vous préviens, au cas où vous ne craindriez pas de me désobéir, que la porte vous sera impitoyablement fermée, si vous osez vous présenter chez ma mère, à moins que, revenu à une plus juste appréciation de vos devoirs, vous ne vous décidiez à m'apporter ce que vous avez eu le honteux courage de me refuser. Jusque là il n'y aura plus rien de commun entre nous. Rien, vous entendez. A vous de voir ce que vous avez à faire. Adieu.

Monsieur de Cingalette, désespéré, cherche à retenir sa moitié et prodigue en pure perte ses accents les plus éloquents et les plus tendres. Il lui demande pardon de lui avoir fait de la peine et s'engage à lui acheter tous les chapeaux de la terre pour peu que cela lui fasse plaisir.

Madame, sans l'écouter, descend rapidement l'escalier de l'hôtel, s'élance dans la voiture où sont déjà installés sa femme de chambre et ses bagages et part au galop. Monsieur, perdant la tête, s'arrachant les cheveux, se précipite à la recherche d'une autre voiture. Il finit par en trouver une et promet 20 francs de pourboire au cocher s'il rattrape son confrère On brûle le pavé et l'on arrive ventre à terre à la gare, juste à temps pour voir filer le train qui emporte Mᵐᵉ de Cingalette, née Placide de Trépignant, laquelle, apercevant son époux infortuné, lui fait de la main, un geste impérieux corroboré par un nouvel et dernier éclair de ses yeux de pervenche.

Le pauvre Annibal reste cloué sur le sol et le train disparaît !

La séparation est accomplie.

M. de Cingalette revient à pied à Vals. Il a la mine longue et déconfite d'un mari devenu veuf avant d'avoir eu le temps d'en éprouver le besoin. Il va lentement en homme qui n'a plus rien à faire de sa journée. Tout en marchant, il philosophe en lui-même et, comme la philosophie est d'un grand secours, faute de mieux, pour se consoler des maux qu'on n'a pu éviter, sa douleur se calme peu à peu, ses traits se rassérènent et il reprend son sang-froid.

— Que les femmes sont bizarres ! pense-t-il. C'est à n'y rien comprendre. On les croirait de

timides agneaux prêts à tendre le cou sous le
couteau du sacrificateur, tandis que ce sont elles
au contraire qui nous égorgent sans pitié, en
ayant l'habileté de mettre les torts de notre
côté et de se poser en victimes et en martyres.
Certes, Placide est charmante ; elle a beaucoup
de qualités et je l'adore, mais il faut reconnaître qu'elle ne mérite pas toujours son nom,
surtout depuis quelque temps. Elle est d'une
nervosité.... et elle a des exigences !... C'est
qu'il n'y a pas à dire ; je la connais, c'est une
Trépignant et elle ne mettra pas les pouces.
J'aurai beau écrire, télégraphier, elle ne reviendra pas et ce serait sans succès que j'irais caril-
lonner à la porte d'une belle-mère qui est encore
plus Trépignant que sa fille. Aussi qu'elle idée
ai-je eu de ne pas céder tout de suite. J'en aurais
eu l'honneur, avec un bon baiser peut être par
dessus le marché. Placide serait restée et elle
aurait été vite rassasiée de .. sa tourte, au lieu
de cela, je lui résiste, doucement il est vrai,
mais enfin je lui résiste ; je cherche à lui faire
entendre raison, comme un imbécile que je suis.
Vouloir faire entendre raison à une femme, à sa
femme surtout, et au bout de six mois de ménage ! Je vous demande un peu si ça a le sens
commun ! Bref, la voilà partie furieuse et il me

faut finir par où j'aurais dû commencer. Il est évident que je n'ai pas autre chose à faire que de me procurer un frère jumeau de cet abominable couvre-chef, cause de tous mes ennuis. Muni de ce viatique, je file à mon tour sur Paris. J'arrive triomphant. On se jette dans mes bras. Larmes, effusions, embrassades et... réconciliation... Tiens, ce sera charmant, ce retour de beau temps après l'orage. Ça sera la même chose que pour l'affaire de l'éléphant et... je ne me dis que ça !

A ces agréables souvenirs, Monsieur se met à sourire dans sa moustache d'un air gourmand et se frotte énergiquement les mains.

— Allons, dépêchons-nous, dit-il, en accélérant le pas, d'aller acheter ce chapeau sans pareil. Je pourrai encore prendre l'express du soir qui me mettra à Paris demain dans l'après-midi.

II

Les choses se sont-elles passées ainsi que M. de Cingalette l'espérait ? S'est-il procuré facilement l'objet du litige conjugal et a-t-il pu rejoindre bientôt l'héritière du nom des Trépignant auquel le destin l'a uni ? Les lettres suivantes que nous nous sommes procurées, en furetant indiscrètement, nous l'avouons, dans le secrétaire de Madame, nous le diront.

M. Annibal de Cingalelle, à Mme de Cingalelle, née Placide de Trépignant, rue de Lille, n°
à Paris.

Vals, le 1er juillet 189 .

Ma chère petite Placide,

Ainsi tu es partie ! Tu n'as pas craint de m'abandonner, de me laisser seul en proie au chagrin d'une séparation aussi cruelle qu'imméritée ! Tu ne m'aimes donc plus ? Tu n'aimes donc plus ton petit Babal, ton bon petit Babal, comme tu dis si bien, quand tu es de bonne humeur. Tu m'as quitté sans une larme, sans un regret et tout cela pour un chapeau, joli, il est vrai, oh ! très joli : je le confesse. Tu vois que je suis revenu à de meilleurs sentiments à son égard. Si pourtant tu avais daigné m'écouter, lorsque tu faisais tes malles, tu aurais compris que je ne te le refusais plus, que j'étais tout disposé à te l'offrir, mais tu n'as rien voulu entendre. Eh ! bien, pour te prouver que je n'ai pas de rancune et que je ne ressemble pas à quelqu'un que je connais bien, je te le promets de nouveau, ce coquet, ce gracieux, cet élégant petit chapeau. Tu l'auras, là ! Es-tu contente ? et pas plus tard que demain. Je t'écris, en revenant de la gare, et je vais, après avoir mis ma lettre à la poste, trouver la marchande de dentelles pour lui demander l'adresse de son fournisseur. Je fais mon emplette et je pars.

A bientôt, ma petite Plapla chérie,

Ton Babal qui t'adore.

Du même à la même (1)

Vals, 8 juillet.

J'ai déniché le chapelier, mais ça n'a pas été sans mal. Voilà une semaine que je cours après lui. Et moi qui croyais être près de toi dès le lendemain de ton départ ! Ah ! bien oui ! Nous en sommes loin.

Donc, comme je te le disais dans ma pre-

_____

(1) Pour plus de rapidité, nous ne reproduirons de ces lettres que ce qui a trait à l'objet principal et nous supprimerons, autant que possible, les protestations d'amitié et les épanchements qui pourraient constituer des redites et paraître fastidieux aux lecteurs, ces épanchements et ces protestations n'ayant généralement d'intérêt que pour ceux auxquels ils sont spécialement destinés.

mière lettre, je suis allé trouver la vieille marchande de dentelles et, après lui avoir préalablement acheté la moitié de son étalage pour me mettre dans ses bonnes grâces, je lui ai demandé le nom et l'adresse du marchand qui lui avait vendu son chapeau, objet de tes amours.

— Oh ! mon bon monsieur, m'a-t-elle dit, qui sait ce qu'il est devenu depuis le temps ? Il doit être mort. Songez donc qu'il y a plus de trente ans qu'il s'est retiré des affaires.

— Qu'à cela ne tienne, il doit y avoir d'autres chapeliers à Vals indiquez m'en un.

— C'est que, voyez-vous, si c'est un chapeau comme le mien que vous voulez, vous ne le trouverez nulle part. Celui-ci est le dernier qu'ait vendu le pauvre cher homme, que Dieu ait son âme, s'il est défunt. Il en avait la spécialité et, après lui, personne n'a pu attraper son tour de main.

Tu vois d'ici mon désappointement à cette nouvelle. Ainsi le chapeau de cette bonne vieille datait de trente ans. C'est un bel âge pour un chapeau, mais ça ne simplifiait pas la chose, surtout si le fabricant n'était plus de ce monde. Ce n'était heureusement pas certain et, s'il existait encore, j'espérais bien le décider, fut-ce à prix d'or, à se remettre à la besogne.

— Autant que je peux m'en souvenir, me dit la vieille, après m'avoir colloqué le restant de son stock, il s'appelait Simonet ou Simonot et demeurait dans la grande rue, au numéro 52 ou 54.

Bien entendu, je ne fais qu'un saut jusqu'à l'adresse indiquée. J'arrive devant une maison de modeste apparence. Je sonne, on m'ouvre et je demande si on connaît Monsieur Simonet et s'il vit toujours.

— Oui, Monsieur, me répond-on, seulement il y a longtemps qu'il n'habite plus ici. Il a quitté Vals pour aller vivre à Aubenas, rue de Paris, n° 45. Je ne fais ni une ni deux, je saute dans une voiture et je vais à Aubenas. Là, j'apprends que M. Simonet s'est retiré à Privas. Je prends le train et je me rends à Privas où j'ai beaucoup de peine à découvrir ses traces et où je finis par apprendre qu'il doit habiter Alais. A Alais nouvelle déception. M. Simonet, ne s'y plaisant pas, est parti pour Valence. A Valence, on m'explique que je le trouverai à Pierrelate et à Pierrelate qu'il réside à Montélimar. A Montélimar enfin, je mets la main sur mon homme.

— Pardon, fait-il, lorsque je lui ai expliqué l'objet de ma visite, vous devez vous tromper, car je n'ai jamais été chapelier de ma vie.

Patatras! C'était le restant de nos écus.

L'oreille basse et ne sachant plus quelle contenance tenir, j'allais prendre congé de M. Simonet, lorsqu'il se ravise.

— Ne confondriez-vous pas, par hasard, me demande-t-il, avec mon cousin, M. Simonot, qui était, en effet, chapelier à Vals?

— Eh! dis-je, en me frappant le front et en me rappelant les paroles de la vieille, c'est juste. Simonet, Simonot, cela se ressemble tant que je n'y ai pas pris garde.

— Eh bien! Monsieur, il demeure toujours à Vals, grande rue n° 54.

Que dis-tu de cela?

Je te laisse à imaginer la tête que je fais en entendant ces mots. Tu aurais bien ri si tu m'avais vu.

Une fois revenu de ma surprise, je remercie M. Simonet, je le prie de m'excuser et je repars pour Vals. A peine arrivé, je cours au 54. Un petit vieux, tout cassé, tout ratatiné, mais encore guilleret, me reçoit. C'était M. Simonot. Enfin! Il me fait entrer. Je lui expose mon affaire et, après beaucoup de difficultés et d'objections que je réfute victorieusement, à l'aide d'arguments sans réplique, il me promet de me livrer, d'ici à huit jours, un petit chapeau exactement pareil à celui de la marchande de dentelles dont il se souvient, du reste, fort bien.

Tu ne diras plus, je pense, que je ne fais pas ce que je peux pour te plaire. M'en sauras-tu gré au moins et me récompenseras-tu, quand nous serons réunis, ce qui ne tardera pas, je l'espère? Oui, n'est-ce pas?

Du même à la même.

Vals, le 10 juillet.

M. Simonot travaille ferme; le petit chapeau avance.

Du même à la même.

Vals, le 12 juillet.

Fatalité! le chapelier est mort hier d'une indigestion d'eau de Vichy. On lui avait pourtant bien recommandé de ne boire que de l'eau de Vals; mais c'était un vieil entêté qui n'avait jamais voulu écouter personne.

Que vais-je devenir?

Du même à la même.

Vals, le 15 juillet.

Heureuse nouvelle! M. Simonot n'est pas mort. On m'avait trompé. Il n'a pas eu d'indigestion, mais il est tombé par accident dans la Volane et s'y serait infailliblement noyé, s'il y avait eu de l'eau. On l'a repêché et il en sera quitte pour quelques contusions. Le pis est qu'il est obligé de garder le lit pendant plusieurs jours.

Du même à la même.

Vals, le 25 juillet.

Abomination de la désolation! calamité des calamités!!... Le feu a pris cette nuit chez M. Simonot. Tout est brûlé, la maison, le chapelier, le petit chapeau qui était presque terminé, le modèle, tout.

C'est terrible!

Du même à la même.

Vals, le 26 juillet.

On a retrouvé, sous les décombres de la maison incendiée, un petit morceau du chapeau et le chapelier presque tout entier. Par un hasard providentiel, celui-ci respirait encore. On ne sait cependant s'il survivra à ses horribles blessures.

Pauvre M. Simonot!

Du même à la même.

Vals, le 28 juillet.

Miracle!

On a trempé le chapelier dans la Dominique et instantanément il est revenu à lui et ses blessures ont été guéries comme par enchantement.

Cette eau est si puissante! Il se remettra à l'ouvrage demain.

Du même à la même.

Vals, le 5 août.

Le petit chapeau sera fini ce soir. On l'emballera demain matin et je prendrai le train de midi.

Du même à la même.

Vals, le 6 août.

Il s'est élevé ce matin un vent terrible auprès duquel le Mistral, le Simoun, le Ciers, le Foën le plus échevelé, ne sont que de légers zéphyrs, des soupirs éoliens, des souffles printaniers. Ce vent extraordinaire a renversé des hommes, des femmes et même des enfants, des charrettes, des chevaux et un train de marchandises, a emporté deux ou trois ponts, arraché la toiture de je ne sais combien de maisons et notamment celle où M. Simonot s'était retiré après l'incendie de la sienne. Il a, par malheur, enlevé également le petit chapèau qui a tourbillonné dans les airs, s'est élevé à une grande hauteur et a fini par disparaître derrière les montagnes. On ne l'a plus revu.

M. Simonot est fou de désespoir et moi aussi.

Du même à la même.

Vals, le 7 août.

Tout n'est pas perdu. Nous avons encore une ressource.

La marchande de dentelles vient de me faire dire que, si je voulais être raisonnable, elle me céderait son petit chapeau. Je vais la trouver.

Je ne terminerai ma lettre qu'après l'avoir vue.

. . . .

P. S. Que le diable emporte la maudite vieille ! Sais-tu à quelle condition elle veut me céder son chapeau ? Je te le donne en mille. Tu ne devineras jamais. Lorsque je l'aborde, je commence par me confondre en remerciements et en protestations de reconnaissance. Elle me renouvelle son offre et je lui demande son prix.

14

— Mon bon monsieur, me dit-elle, je ne vous vends pas mon chapeau, je vous le donne.

— Je ne l'entends pas ainsi, par exemple ; je prétends bien vous le payer.

— Non, non, mon bon Monsieur, je vous le donne, seulement c'est à une petite condition....

— Quelle qu'elle soit, j'y souscris d'avance.

— Eh bien ! Vous m'embrasserez trois fois et je serais contente.

Ah ! mon amie, je cours encore !

Et cependant, que faire ! M. Simonot, depuis la disparition de son dernier chef-d'œuvre, est tombé en enfance et il est désormais incapable du moindre travail. Il n'y a pas d'autre moyen, si tu tiens absolument à ce chapeau. Si tu l'exiges, je me résignerai à cette cruelle épreuve, mais je t'assure qu'il me faudra bien du courage !

J'attends un mot de toi, avant de me décider à cette effrayante accolade.

Madame de Cingalette, née de Trépignant, à Monsieur Annibal de Cingalette, au Grand Hôtel des Bains, à Vals.

Paris, le 8 août

Non, mon chéri, non ; je ne te condamnerai pas à un pareil supplice. Mon caprice est passé, je ne veux plus du tout de ce chapeau, que je trouve affreux. Reviens vite retrouver ta petite Placide qui t'attend avec impatience et qui t'embrassera cinquante fois pour te remercier de la preuve d'amour que tu lui as donnée.

Ta Plapla qui t'adore.

M. de Cingalette n'a pas été long à faire ses malles. Une heure après la réception de cette lettre, il quittait Vals. En route, il a appris qu'il n'aurait eu qu'à se rendre au Puy, patrie de la vieille marchande de dentelles, pour trouver autant d'échantillons qu'il aurait voulu de ce petit chapeau, cause de tant d'alarmes. Il s'est bien gardé d'apprendre ce détail à sa femme, dans la crainte d'un retour offensif de son premier caprice.

Je n'ai pas entendu dire que d'autres orages aient troublé, par la suite, le bonheur de ces deux jeunes époux.

LES

TRUITES DE LA VOLANE

LES

TRUITES DE LA VOLANE

A M. Fighiera, à Châteaurenard.

I

Il faut rendre cette justice à l'administration chargée de présider aux destinées balnéaires de Vals qu'elle fait les plus louables efforts pour plaire à sa nombreuse clientèle. On ne m'accusera pas, je pense, d'abuser de la flatterie si je dis qu'elle n'a jamais ménagé les sacrifices pour faire de cette charmante station un véritable paradis, si j'affirme qu'elle y a accumulé les recherches du goût le plus délicat et du confort le plus raffiné, poussant même la prodigalité jusqu'à orner quelques unes des promenades du Pays de bancs pour s'asseoir.... gratuitement.

Pour ne citer qu'un exemple de cette sollicitude à laquelle on ne rend peut-être pas suffisamment justice, je veux appeler l'attention des baigneurs sur une particularité qui, j'en suis convaincu, a échappé à la plupart d'entre eux.

On n'a pas été sans remarquer le nombre considérable de pêcheurs à la ligne qui jalon-nent chaque jour les bords de la Volane, du vieux pont à la passerelle des Vivaraises.

De tout temps, paraît-il, les adeptes du bicar-bonatisme ont affectionné ce sport inoffensif et peu fatigant, dans lequel ils ont trouvé un sé-datif puissant de leur système nerveux, parfois surmené par l'existence véritablement trop mondaine qu'on mène à Vals.

Dans les premières années, les pêcheurs sa-vaient borner leurs désirs et les plus exigeants étaient satisfaits quand, après avoir grillé pen-dant de longues heures au soleil, ils pouvaient rapporter triomphalement, au bout d'une per-che, et déposer dans le sein de leurs familles enthousiasmées, une douzaine d'ablettes ou de goujons que la cuisinière faisait solennellement frire et qu'on mangeait en grand apparat, en s'extasiant sur la délicatesse proverbiale de leur chair.

Mais tout change avec le temps. Aujourd'hui, ce n'est plus cela. L'ambition la plus effrénée a gagné chacun et le plus obscur de ces cheva-liers de la mouche volante ne rêve maintenant

que de pêches miraculeuses et de butins extraordinaires.

La faute en est à l'administration qui, moins
prudente que généreuse, a fait ce qu'il fallait
pour surexciter des passions dont elle ne soup-
çonnait sans doute pas la vivacité.

Désireuse, non seulement d'attirer, mais encore de retenir dans la pittoresque et paisible
vallée le plus de baigneurs possible et tenant à
donner pleine satisfaction à leur goût pour un
exercice qu'elle jugeait incapable de contrarier
les effets curatifs des eaux, elle signa, il y a quelques années, un traité avec un pisciculteur qui,
moyennant une redevance annuelle, se char-
geait de verser, au fur et à mesure des besoins,
dans les diminutifs de lacs qui émaillent le fond
de la Volane, un certain nombre de truites dont
la capture devait récompenser les efforts des
virtuoses de l'hameçon, non sans augmenter,
en même temps, la réputation d'une rivière déjà
connue, d'ailleurs, dans le monde entier comme
éminemment poissonneuse.

Ce pisciculteur, pour être un savant, n'en
était pas moins un homme pratique. Il fit réflexion que, dans toute convention, il y a à considérer l'esprit et la lettre et qu'en général il est
prudent de s'en tenir à l'esprit. Il en conclut

qu'il n'était pas interdit, tout en se conformant aux clauses d'un contrat, de chercher à réaliser de légitimes économies, du moment que cela ne pouvait nuire à l'objet du traité.

Que se propose en effet l'administration ? se dit-il. De plaire davantage aux pêcheurs, en augmentant à la fois leurs chances de succès et la valeur du fonds commun. Que recherchent ceux-ci ? Plutôt des jouissances morales et des émotions fortes qu'un résultat matériel appréciable, il est vrai, mais de peu de poids en réalité, comparativement aux satisfactions d'amour-propre. Je suis tenu, par mon cahier des charges, de jeter dans la Volane un certain nombre de truites et, après cette première mise, de remplacer les manquants. Or, ces manquants seront plus ou moins nombreux, selon l'adresse des pêcheurs. Ce n'est pas que ce que j'ai vu jusqu'à présent soit de nature à me donner beaucoup d'inquiétude à cet égard. Cependant, si j'arrive à m'assurer contre les surprises et à réduire au minimum les susdits manquants, je pourrai réaliser de ce chef de notables bénéfices, sans sortir des termes de mon contrat.

En conformité de ce beau raisonnement, notre pisciculteur s'avisa d'un expédient véritablement ingénieux. Il confia aux gouffres peu profonds et encore moins amers de la Volane, des truites très intelligentes qu'il avait soumises, dès leur plus jeune âge, à un système particulier d'éducation, grâce auquel elles excellaient dans cet habile marivaudage fort en honneur chez les poissons et qui consiste à mordre doucement à l'hameçon, à lâcher prise, à y revenir, à l'abandonner pour y mordre encore et à procurer ainsi, aux animaux à deux pieds sans plumes qui les guettent, les émotions les plus palpitantes. Elles poussaient même l'habileté jusqu'à se laisser enferrer et sortir de l'eau par le pêcheur radieux, sauf à se décrocher prestement, au moment psychologique, avec une savante pirouette ressemblant beaucoup à un pied de nez qu'elles auraient exécuté avec leur queue.

Le résultat était atteint et nul n'y voyait que du bleu, d'autant que, pour mieux cacher son jeu, notre pisciculteur, né malin, sachant qu'il faut faire en tout la part du feu, lâchait de temps en temps quelque jeune truite inexpérimentée, laquelle, ne doutant de rien et voulant imprudemment suivre l'exemple de ses compagnes, se faisait bel et bien prendre pour de bon et allait finir ses jours sur le gril ou dans le court bouillon.

La première fois que cela arriva, on fit une ovation à l'heureux pêcheur et on le porta en triomphe avec sa victime. Celle-ci fut ensuite vendue aux enchères publiques. Hôteliers et propriétaires de maisons meublées se la disputèrent avec acharnement. Elle monta à des prix fabuleux et fut enfin adjugée à la directrice de la villa Monplaisir.

II

Je laisse à penser le concert d'exclamations laudatives qui s'éleva dans la salle à manger de la villa, lorsqu'un beau matin, on déposa sur la table la fameuse truite étendue dans un grand plat d'argent et cachant ses flancs argentés au milieu d'un buisson de persil frisé d'un vert éclatant. A la vue de cette merveille des eaux, tous ouvrirent de grands yeux admiratifs et ravis et s'extasièrent sur l'apparence superlativement appétissante de ce mets véritablement divin, dont l'exquis fumet chatouillait délicatement leur muqueuse olfactive. Mais tous, encore plus gourmets que gourmands, voulurent, par un raffinement digne d'Héliogabale, prolonger leur jouissance et augmenter leur plaisir en le retardant et décidèrent d'un commun accord d'attendre le lendemain pour dépecer la bête.

Cela se passait un mardi.

Le lendemain mercredi, un incident fortuit détourna malencontreusement l'attention des pensionnaires qui ne songèrent plus à la truite. Le jeudi, la mémoire leur revint ; mais la propriétaire émit le sage avis que, puisqu'on avait tant fait, il vaudrait peut-être mieux remettre la fête au vendredi, jour maigre. On ferait de la sorte son salut plus agréablement qu'avec de la vulgaire morue. Cette proposition ayant été adoptée à l'unanimité, moins une voix, celle d'un percepteur, grincheux comme tous les percepteurs, la truite fut réintégrée dans le garde-manger. En votant cette motion, personne, sauf la propriétaire, n'avait réfléchi que, le lendemain, beaucoup de pensionnaires quittaient la villa, ayant fini leur saison. Au milieu du brouhaha et des préoccupations du départ, des adieux et des embrassades, on oublia totalement la truite. Peu de jours après, par suite de nouveaux arrivages, le personnel de la villa était presque entièrement renouvelé Il ne restait de l'ancienne fournée que le percepteur, qui se contentait de grogner dans un coin, et deux ou trois pensionnaires peu fortunés et n'ayant conséquemment pas voix au chapitre. Ceux-là n'avaient certainement pas perdu le souvenir de ce poisson miraculeux, dont ils n'avaient pas goûté ; ils se demandaient ce qu'il pouvait bien être devenu et déploraient amèrement la négligence des domestiques qui devait avoir eu pour effet de le laisser gâter. Ils cherchaient, par de timides allusions, à appeler sur ce détail culinaire l'attention de plus autorisés qu'eux, lorsqu'à leur grande surprise, ils virent tout-à-coup la truite plus fraîche que jamais réapparaître dans un nouveau lit de persil frisé. Malheureusement on avait préalablement servi tant de pâtes, de pâtés, de nouilles et de macaroni que personne n'avait plus faim, excepté peut-être les pensionnaires peu fortunés, qu'on se garda bien de consulter et l'animal disparut une fois de plus, suivi de longs regards d'envie, qui, pour être discrets, n'en étaient pas moins éloquents.

Cela se renouvela plusieurs fois et toujours, pour une cause ou pour une autre, la truite toujours intacte retournait à l'office, conservant, par un privilège singulier, une fraîcheur capable de stimuler les estomacs les plus indifférents.

Enfin un jour, le percepteur, puisant dans son prochain départ, dans sa gourmandise et dans son mauvais caractère, une énergie farouche, arrête tout net le plat au moment où il allait disparaître de nouveau et, résolument, au grand scandale de la bonne qui s'enfuit épouvantée, plonge un couteau implacable dans les flancs argentés de cette truite tantalisante.

Horreur ! elle était empaillée. Ce n'était plus qu'une pièce montée.

III

Mais revenons à nos pêcheurs.

Enivrés par leur premier succès, ils ont redoublé de zèle et d'ardeur. Leur nombre s'est accru dans de telles proportions que chaque pointe de roche, chaque caillou, supporte maintenant un Saint-Siméon stylite ou un Harpocrate. Armes en mains, ils sont là dès le lever de l'aurore, immobiles et sérieux comme des diplomates en rupture d'ambassades, ou des fakirs en extase, suivant d'un œil attentif les capricieuses évolutions du flotteur, tremblants d'une émotion difficilement contenue dès qu'il fait mine de s'enfoncer, fiers et dignes sous les regards anxieux des spectateurs qui les con-

templent du haut de parapets n'ayant pas encore quarante siècles comme les pyramides de
Napoléon. Ils ne sentent ni le chaud, ni le froid;
ils bravent le vent et la pluie; ils en oublient le
boire et le manger, négligent leurs devoirs les
plus sacrés, perdent de vue les détails les plus
élémentaires de leur traitement et, chose cu-
rieuse, ne s'en portent pas plus mal, au contraire. Les heures passent inaperçues et la nuit
seule les rappelle à la réalité et les chasse de
leurs piédestaux, dont ils ne descendent qu'à
regret et en marquant leur place pour être
sûrs de la retrouver le lendemain.

Si ce résultat brillant, qui va jusqu'à ouvrir
des horizons nouveaux à la thérapeutique, comble d'une joie un peu irréfléchie l'administration, il n'est pas sans faire faire la grimace au
pisciculteur contraint à des sacrifices plus
grands que ceux qu'il avait prévus. Il ne s'écoule
plus de jour, en effet, sans que quelqu'un de
ses sujets ne passe dans le panier de ces êtres
sanguinaires, qui ne respectent rien et dont
certains vont même jusqu'à mettre parfois en
défaut l'expérience de ses meilleures élèves,
et vous pensez si cela l'indigne !

— A quoi peut-on se fier aujourd'hui ? s'écrie-
t-il, dans un accès de colère bien justifiée. Si

j'avais pu prévoir pareille chose, jamais je n'aurais signé ce traité. Comment s'imaginer, aussi, qu'il pouvait y avoir tant de pêcheurs à la ligne gastralgiques ou tant de gastralgiques pêcheurs à la ligne! Comment supposer qu'ils y mettraient tant de persévérance et de tenacité et qu'on trouverait parmi eux des maîtres dans l'art du ferrage. L'administration a été bien coupable de déchaîner une fièvre semblable, auprès de laquelle celle de l'or, dans les beaux jours de la Californie, ne devait être que de la Saint-Jean. Qu'y a-t-elle gagné? Rien. On néglige ses eaux, on prend moins de douches et l'on guérit tout de même. Le seul résultat qu'elle aura atteint, si cela continue longtemps, ce sera ma ruine et peut-être la sienne. Ah! si c'était à refaire! elle y regarderait elle-même à deux fois.

Il se livrait à ces réflexions décourageantes, un matin, peu après son lever, en constatant, d'après l'état des prises de la veille dressé très exactement par un contrôleur spécial, qu'il lui fallait encore remplacer quelques malheureuses victimes de ces pêcheurs insatiables et maudits.

Il en était là de son monologue, lorsqu'on vint lui annoncer que le garde-pêche demandait à lui parler pour une communication pressée.

Etonné de cette visite insolitement matinale, il donne l'ordre d'introduire le fonctionnaire assermenté. Celui-ci se présente avec la mine d'un homme n'ayant pas une bonne nouvelle à annoncer. Le pisciculteur l'interroge aussitôt.

— Ah! Monsieur, fait le garde d'un ton désolé.

— Qu'est-ce qu'il y a?

— Ah! monsieur.

— Mais, quoi?

— Ah! monsieur.

— C'est donc bien grave?

— Ah! monsieur.

— Voyons, remettez-vous et parlez.

— Ah! monsieur.

— Il vous est arrivé un accident? Quelqu'un des vôtres est blessé?

— Ah! monsieur.

— Votre femme est malade?

— Ah! monsieur.

— Morte peut-être?

— Plût au ciel; mais non, hélas!

— Quoi donc?

— Ah! monsieur.

— Eh! vous m'impatientez à la fin. Ah! monsieur. Ah! monsieur. Ne savez-vous dire que cela? Expliquez-vous, je l'exige.

— Mon Dieu, comment vous porter ce coup?

— Parlez, je préfère tout à cette incertitude.

— Eh bien !.....

— Eh bien ?

— Eh bien ! Des braconniers, oui, Monsieur, des monstres de braconniers, que le tonnerre écrase, ont eu l'audace de venir, cette nuit, raffler, avec des épuisettes, toutes les truites de la Volane. Il n'en reste plus une.

— Plus une !

— Je puis vous le jurer. J'ai fait l'appel ce matin ; aucune ne s'est présentée.

— Malédiction ! je suis ruiné.

.   .   .   .

Le pisciculteur a fait révoquer le garde-pêche pour défaut de surveillance et négligence grave dans le service. Il a ensuite résilié son contrat de la façon la plus expéditive, en filant, avec son fond de magasin, en Belgique, où il a monté un aquarium d'éducation pour les salmonidés de bonne famille.

Depuis son départ, il va sans dire qu'on n'a pas repris une seule truite. Les pêcheurs se sont philosophiquement rabattus sur les ablettes et les goujons, en nourrissant l'espoir invraisemblable de voir renaître des jours meilleurs.

Puissent leurs vœux être exaucés.

C'est la grâce que je leur souhaite.

ALLEZ POULETTE

ALLEZ POULETTE

A Mlle Eugénie BERNARD, à Avignon.

La scène commence sur la route d'Entraigues, entre Vals et le pont de Bridou.

Les principaux personnages sont, par ordre d'importance :

1º Une ânesse ;

2º Un paysan conduisant l'ânesse par la bride ;

3º Une jolie petite dame montée sur l'ânesse.

L'ânesse a l'air d'une bonne personne sur le retour. Elle semble très placide et difficilement inflammable. Elle a nom Poulette.

Le paysan est un grand diable vêtu de bure, coiffé d'un chapeau pointu à larges bords ; il s'appelle Caminas et paraît d'un caractère aussi placide que celui de son ânesse.

La jolie petite dame, nerveuse comme la plupart de ses congénères, s'impatiente de l'allure, par trop indolente à son gré, de l'animal et le caresse à chaque instant à coups de houssine, au grand émoi de l'ânier, qui, tout en encourageant sa bête de la voix, la retient prudemment, crai-

gnant sans doute un emballement pourtant bien
peu vraisemblable.

— Allez, Poulette, dit-il, d'une voix tranquille
et calme, Allez Poulette.

— Allez, Pou le....e....e. ..ette, comme le
vent, chante en se moquant la jolie femme, sur
l'air des Brésiliennes de Bordesi.

— Comme le vent? reprend Caminas qui n'a
pas saisi l'ironie. Non. Il ne faut pas être trop
exigeant. Elle marche bien, Poulette; tout le
monde le sait. Elle a le pied sûr et ne bronche
jamais; mais elle ne va pas comme le vent. Elle
n'a pas été habituée à ça.. A quoi cela servirait-
il, d'ailleurs? je vous le demande. Les promeneurs seraient bien avancés! Pourraient-il examiner le paysage et admirer ces beaux rochers
qu'on dit si vieux, si vieux, et puis ces beaux
arbustes tant verts et ces beaux villages sur ces
belles montagnes? Qu'est-ce qu'on verrait? Rien.
On serait moulu, rompu, brisé; le soir on n'en
pourrait plus; serait-ce bien agréable? Allez,
Poulette. Voilà bientôt vingt-cinq ans que je
conduis les baigneurs et personne ne s'est jamais plaint de Caminas ni de ses bêtes.

— Mais enfin votre animal va comme une
tortue.

— Allez, Poulette. Ne craignez rien, ma belle

dame, nous arriverons toujours. Ce n'est pas
ceux qui marchent si vite qui arrivent plus tôt.
Tenez, il y a mon collègue Cigalon; vous connaissez bien Cigalon qui demeure sur la grand'
place? Il a de beaux ânes; c'est une justice à lui
rendre. Ils courent, ils vont au trot, même, des
fois, au galop; seulement ils sont volontaires et
coléreux et ça été cause que, l'autre jour, il y a
eu un accident terrible. Vous avez dû en entendre parler. Ils étaient dix, de Paris, montés sur
les ânes à Cigalon. ils n'étaient pas partis depuis
une demi-heure que le premier, ennuyé sans
doute de recevoir à chaque instant des coups de
son cavalier, s'emballe. Les autres imitent son
exemple et tous de partir au grand galop en
ruant, en se cabrant à qui mieux mieux. Au
bout de cinq minutes, mes dix parisiens étaient
par terre, égrénés sur la route. Allez, Poulette.
Si vous les aviez vus, c'était risible.

— Vous trouvez?

— Mais dam! Aussi, pourquoi prendre des
montures pareilles quand on veut se promener.
S'ils s'étaient adressés à moi, cela ne leur serait
pas arrivé. C'est comme Cigalon, il est bien
avancé maintenant avec ses ânes; on l'attaque
en dommages et intérêts, attendu qu'il y a eu
des nez écrasés et une épaule démise. Ce n'est

pas Poulette qui aurait jamais fait pareille chose. Elle est si sage. Allez, ma mie. Allez. Et si bonne mère, avec ça!

— Ah! elle a un petit.

— Oui, elle l'a eu, il y a deux mois, en même temps que la femme a eu son dernier et elle le nourrit. Il faut voir comme elle le caresse, le lèche, le dorlotte! C'est à vous en faire venir les larmes aux yeux; elle l'aime autant, pour sûr, que la Jeannette aime ses enfants. La Jeannette c'est ma femme, pour vous servir, et elle en a eu douze.

— Poulette ou votre femme?

— Ma femme donc. Poulette, c'est son premier. Elle les a tous nourris et, chaque fois, elle a pris en plus un autre poupon, en sorte qu'aujourd'hui c'est quasiment comme si elle avait vingt-quatre enfants. C'est beaucoup n'est-ce pas? Eh! bien, s'il lui en venait encore autant, elle n'en pleurerait pas, ni moi non plus. Vous autres, gens de la ville, vous n'aimez pas trop la famille. Vous trouvez que c'est une ruine; nous, c'est tout le contraire. Chaque fois qu'il arrive un petit, c'est comme une bénédiction du bon Dieu. Allez Poulette, allez, ma mie. Moi, d'abord, je ne suis qu'un pauvre paysan, un homme de la montagne, je ne sais rien de rien ; mais, pour ce qui est des enfants, je suis comme la Jeannette, je me tirerais les morceaux de la bouche. Ah ! Il faut reconnaître aussi qu'ils sont tous bien gentils et, quant à ce qui est de nos nourrissons, ils ne nous ont jamais oubliés. De temps en temps, soit l'un, soit l'autre, ils nous envoient un petit cadeau et, sans être porté sur l'argent, cela fait toujours plaisir. A propos, faites excuse, ma belle dame, vous êtes mariée ?

La dame ne répond pas.

— Après ça, vous êtes peut-être encore demoiselle.

Pas de réponse.

— A moins que vous ne soyez veuve.

Toujours même mutisme.

— Allez, Poulette. Il ne faut pas vous fâcher, si je vous ai demandé cela, au moins. Ce n'est pas par curiosité. Seulement, si vous aviez été mariée, vous auriez pu avoir besoin d'une nourrice et je vous aurais offert la Jeannette qui en est une comme il y en a peu. Mais, si ce n'est pas pour vous, vous pourriez toujours parler de nous à vos connaissances. Qu'est-ce que nous demandons, nous autres ? Gagner notre vie honnêtement et sans bouder à l'ouvrage. Allez, ma mie.

Tout en causant, on approche du pont de Bridou et l'ânesse, prise d'émulation en entrant dans le village, allonge inopinément le pas. Caminas la retient.

— Oh! là, oh ! fait-il. Là, là, Poulette, pas si vite.

— Laissez-la donc marcher.

L'ânier fait la sourde oreille et continue à modérer l'ardeur intempestive de Poulette.

— Dites donc, ma belle dame, nous ne sompas bien loin de la maison ; voulez-vous que nous y montions?

— Combien de temps faut il ?

— Un petit quart d'heure tout au plus.

— Soit, allons-y.

— La femme sera bien contente. Vous mangerez un morceau, vous boirez un coup et vous verrez le beau panorama. Ah ! ce n'est pas pour dire, pour une jolie vue, c'est une jolie vue. Je n'y connais rien, moi, mais c'est l'avis de tous les promeneurs. On voit de là un tas de montagnes avec des villages, des vallées et des torrents en quantité. C'est superbe. Aussi je ne manque pas d'y conduire mes clients. Allez, Poulette, allez, ma mie.

Au sortir du hameau, on prend un petit raidillon caillouteux qui serpente en lacet sur le

flanc de la colline. La bête peine et la promeneuse est loin d'être à son aise.

— Si vous descendiez un peu, insinue Caminas, ça vous reposerait et ça soulagerait Poulette.

— Oui, je veux bien ; cela me dégourdira les
jambes.

La dame quitte sa monture et l'on continue à
grimper. On grimpe, on grimpe, on serpente
et l'on ne voit jamais le bout du raidillon. Il y a
déjà plus d'une demi-heure que cela dure. La
dame se plaint.

— Soyez sans crainte, nous y serons bientôt.
Allez, Poulette.

On grimpe, on grimpe encore et l'on commence à apercevoir la maison dans le lointain.

— Ouf ! soupire la promeneuse, en s'asseyant
sur une pierre, je n'en puis plus.

— C'est ça ; arrêtons nous ; Poulette se repo-
sera un peu.

Au bout de quelques minutes, on se remet en
route. On fait encore bien des tours et des détours ; puis, on arrive enfin à la maison.

— Eh ! la femme, crie Caminas, pendant qu'il
s'empresse de débâter l'ânesse, arrive un peu ;
je t'amène une visite. Tenez, Madame, voilà la
bourgeoise, ajoute-t-il en voyant sa moitié appa-

raître sur le seuil de la maison entourée d'un bataillon d'enfants de tous les âges. Qu'est-ce que vous en dites ? Est-elle pas bien plantée ? Et ces petits, sont-ils solides ? Ah ! c'est ainsi que nous travaillons dans la montagne. Jeannette, fais entrer Madame qui doit avoir besoin de se rafraîchir. Pendant ce temps, je m'en vais faire un peu têter l'ânon ; ça soulagera Poulette. Vous voulez bien, n'est-ce-pas ?

— Comment donc, dit la dame, qui comprend enfin pourquoi l'ânier l'a amenée jusque là et qui ne sait si elle doit rire ou se fâcher.

La Jeannette, une forte montagnarde rubiconde et rebondie, invite la promeneuse à entrer.

— Asseyez-vous, Madame, lui dit-elle, vous casserez une croûte. Que voulez-vous que je vous serve ?

— Qu'est-ce que vous avez ?

— Ben, nous avons du pain et du fromage.

— Et puis ?

— C'est tout.

— Vous n'avez pas de lait ?

— Non, madame.

— Mais, votre ânesse cependant ?

— Ah ! mais, c'est pour l'ânon.

— Ah ! alors donnez-moi du pain et du fromage.

— Je ne vous demande pas pour combien vous en voulez. Je pense que vous serez raisonnable.

— Soyez tranquille. Vous avez du vin ?

— Du vin ? Oh ! non, nous ne buvons que de l'eau.

— Fort bien.

— Et nous ne nous en portons pas plus mal, comme vous voyez. Les enfants non plus ; regardez-les. C'est moi qui les ai tous élevés. Mon mari vous l'a dit, n'est-ce pas ? Je lui recommande toujours de ne pas oublier ça. Alors, si vous aviez jamais besoin de quelqu'un pour une nourriture, nous espérons bien que vous nous donneriez la préférence.

— Oui, oui.

— Nous serons arrangeants ; nous ne sommes pas de ces gens qui profitent de tout et qui cherchent à abuser, je peux l'affirmer. Au reste, demandez à n'importe qui, chacun vous dira que les Caminas c'est franc comme l'or.

— Je n'en doute pas.

Cependant la dame a, comme il est facile de le supposer, vite terminé son frugal goûter. Elle ne tient pas à prolonger son séjour au milieu d'une marmaille mal peignée, peu mouchée et pas du tout débarbouillée qui tourne indiscrète-

ment autour de ses jupes et se familiarise beaucoup trop rapidement. Elle invite un des mio-
ches à aller voir si son père est prêt à partir. Le
mioche ne comprend sans doute pas le français,
car il ne bouge pas.

— Qu'est-ce qui vous presse, dit Jeannette,
sans se déranger davantage. Vous avez bien le
temps.

Ce n'est pas l'avis de la promeneuse. Après
avoir jeté sur la table une pièce de vingt sous
que la paysanne ramasse avec une moue un peu
dédaigneuse, elle va elle-même à la recherche
de l'ânier qu'elle trouve en train d'allumer sa
pipe et d'admirer l'ânon qui se désaltère.

— Voyez, lui dit Caminas, comme il est joli,
Poulot. Est-il assez joli, hein ? Et doux avec ça !
Un mouton. Il joue avec les enfants comme une
personne naturelle. Il fait des sauts, des
bonds, des gambades à n'en plus finir. Ah !
ça sera un bon animal. Vous devriez me l'acheter. C'est une véritable occasion. Je ne le ven-
drai pas cher.

— Combien ?

— Cent francs. C'est pour rien.

— Pour rien, en effet !

— Ah ! sûr. Je ne le donnerais pas à d'autres
pour ce prix-là. C'est bien parce que c'est vous.

J'en suis convaincue ; mais je ne suis pas décidée. Partons-nous ?

— Quand vous voudrez. Allons, Poulot ; allons, c'est assez liché.

Pendant que l'ânier rebâte sa bête, madame examine le panorama d'un œil distrait.

— C'est beau, n'est-ce pas ? fait Caminas.

— Oui ; ce n'est pas mal.

— Pas mal ! Je vous crois. Il est vrai que je ne suis qu'un homme de la montagne et que je n'y entends pas grand chose ; cependant je suis sûr qu'on ne trouverait pas ça ailleurs. Madame n'aime peut-être pas la campagne ?

— Au contraire, seulement je suis un peu fatiguée et je voudrais repartir. Serez-vous bientôt prêt ?

— Tout de suite. Je serre la sangle de Poulette et nous dévalons. Là ! voilà qui est fait. Vous pouvez monter. Si nous emmenions Poulot ? Il ferait une petite promenade.

— Comme il vous plaira.

La promeneuse se remet en selle et la caravane augmentée de l'ânon s'ébranle, saluée par les cris assourdissants de tous les jeunes Caminas enchantés de voir gambader Poulot.

On entreprend la descente du raidillon, ce qui n'est pas petite affaire. Poulette fatigue beau-

16

coup et son maître en est navré ; aussi cherche-
t-il à prouver à sa cliente qu'elle ferait mieux
de marcher. La dame, qui a eu les pieds meur-
tris à la montée, s'obstine, cette fois, à rester en
selle, malgré les complications que ne tarde pas
à amener la présence de l'ânon. Celui-ci, en
effet, se frotte à tout instant contre sa mère et
se jette dans ses jambes avec l'étourderie du
jeune âge; il la pousse et la fait broncher à
chaque pas, en cherchant à ressaisir son biberon. La promeneuse effrayée invite l'ânier à
surveiller son baudet.

— N'ayez pas peur, lui dit il, plein de confiance.
Il aime à jouer, mais il n'a pas de malice pour
deux sous. Allez, Poulette. Vous n'avez rien à
craindre. Si vous vouliez descendre un peu
néanmoins, il ne faudrait pas vous gêner.

— Non, non. Il me tarde de rentrer. Dépêchons-nous.

Nous serons bientôt de retour. Dans une
petite heure au plus. Oh! là, oh! Là, là, Poulette; pas si vite.

— Eh! bien, qu'est-ce qui lui prend maintenant ?

— Ah! c'est qu'elle voudrait aller avec son
petit.

Il faut dire que l'anon, changeant d'idée et renonçant à ressaisir son biberon, s'est jeté dans un vaste champ de trèfle où il saute, fait des pétarades, se roule avec les marques de la plus vive satisfaction. Poulette suit son rejeton d'un œil inquiet, tend le cou, dresse les oreilles, l'appelle, tire sur son licol et piétine d'impatience.

— Là, là, fait Caminas, cherchant à la modérer, doucement, ma mie. Il reviendra ton petit. Poulot, coquin de Poulot, viens ici. Attends un peu, gredin ; je vais t'en donner, du trèfle. Poulot, m'entends-tu ? Veux-tu venir ?

Poulot indocile s'éloigne de plus en plus.

— Ma belle dame, sans vous commander, tenez un peu la bride de Poulette, pendant que je vais casser un bon gourdin pour caresser ce pendard.

Caminas abandonne l'ânesse en lui recommandant d'être bien sage. Poulette ne se sent pas plutôt libre que, reniflant le vent du côté de son petit, elle commence à allonger le pas et entre à son tour dans le champ de trèfle où elle prend une allure progressivement accélérée, malgré les cris de la jolie petite dame et les objurgations de son maître qui se met à sa poursuite en prodiguant en pure perte les Là ! là. Oh ! là, oh !

La dame pousse des cris désespérés, et se

cramponne convulsivement à la crinière et à la
queue de Poulette. Caminas court derrière et
lance force exclamations comminatoires qui
restent sans effet. Poulot est au diable et Poulette galope de plus en plus vite ; elle peut d'autant moins ralentir sa course que le champ est
en pente et que son propre élan l'entraîne.

— Là, là. Oh ! là, oh ! hurle l'ânier, toujours
courant, doucement, Poulette, doucement ma
mie.

Ah ! bien oui. Poulette n'écoute plus rien. Elle
se souvient qu'on l'a invitée en musique à aller
comme le vent et elle vole. Elle dévore l'espace.
Ses narines soufflent du feu. Ce n'est plus l'â-
nesse placide et de sang rassis que nous avons
connue jusqu'ici. C'est le coursier de l'Apocalypse. La dame crie plus fort que jamais et Ca
minas court tant qu'il peut, en faisant de grands
gestes épouvantés.

Mais cela ne saurait durer longtemps. Une ca-
tastrophe est imminente. Tout à coup la sangle si
bien serrée par l'ânier casse ; la selle bascule ; en
même temps Poulette butte contre une motte
de terre et la voilà les quatre fers en l'air, pendant que, de son côté, la jolie petite dame roule
dans le trèfle, perdue dans un fouillis de jupons
blancs et de dentelles.

Ah! ma chère lectrice, quel spectacle!

Sur ces entrefaites, Caminas accourt en poussant des Oh! et des Ah! interminables. Il aurait bien envie de porter d'abord secours à son ânesse, cependant les jupons blancs finissent par faire pencher la balance et il s'élance vers la nouvelle Miss Helyett, pour laquelle il n'est que trop, dans la circonstance, l'homme de la montagne, comme il s'est qualifié lui-même. Un pied bien chaussé, une jambe bien faite, un bas bien tiré, une jarretière bleu de ciel, ne sont pas, que je sache, des objets épouvantables à voir, même pour un ânier, et, tout en aidant la jolie petite dame à se retrouver au milieu du trèfle et de ses jupons, je crois bien que maître Caminas essaie, par des maladresses et une lenteur tant soit peu volontaires, de prolonger la situation. Enfin la promeneuse se relève furibonde et accable le montagnard d'invectives qu'il n'a pas volées et qu'il reçoit humblement, en se portant vers son ânesse, laquelle n'a eu besoin de personne pour se remettre sur ses pieds et broutte tranquillement, pendant que son petit, revenu docilement près d'elle, cherche à ressaisir son biberon.

— Eh! bien, Poulette, lui dit l'ânier, d'un ton affectueusement grondeur, en la caressant et en

la tâtant partout, pour voir si elle n'a rien de
cassé ; qu'est-ce qui nous a pris? Nous n'avons
jamais fait cela ; c'est la faute de ce vilain Poulot.
Nous avons eu peur de le perdre..... Pauvre
Poulette! Il faut pourtant se faire une raison.
Ces jeunesses, ça a besoin de courir. On ne peut
pas toujours les garder à côté de soi... Comme
vous tremblez, ma mie! Mais aussi, courir de la
sorte! Il n'y a pas de bon sens.... Vous êtes
couverte de sueur ; pourvu que cela ne fasse pas
passer votre lait ou que vous n'attrappiez pas
une pleurésie... Laissez-moi vous essuyer...
Là, vous voilà sèche... Ce n'est pas tout : il
nous faut reconduire la dame chez elle. Attendez
que je vous remette votre selle. La sangle est
cassée, mais j'ai de la corde dans ma poche ;
nous allons l'arranger.... Bon, ça y est. Madame,
si vous voulez remonter...

En prononçant ces derniers mots, Caminas
relève la tête et reste la bouche ouverte. La
promeneuse n'est plus là. Il l'aperçoit au loin,
filant dans le trèfle, d'un pas rapide.

— Madame, hé! Madame, ne courez pas si
vite. Nous voilà. Allez, Poulette; allez, ma mie.
Cette petite dame nous fera mourir. Madame,
hé! Madame.

Poulette, qui a plus envie de se coucher que
de marcher, ne bouge pas.

— Hue! donc Poulette. Madame, arrêtez-vous.

Madame, au lieu de s'arrêter, double le pas et arrive bientôt au bas de la colline. Elle saute sur la route au moment où passe la voiture d'Entraigues à Vals et s'élance dedans.

— Ah! mais, ah! mais, et l'argent? s'écrie Caminas interloqué. Elle n'est pas gênée, la petite dame! Comment! Elle s'en va sans payer. Eh! Madame, Madame, Mada.....a...me! Ah! oui; il n'y a pas de danger qu'elle m'écoute. Je suis refait et bien refait. Imbécile que je suis! Dire que je ne lui ai pas même demandé son adresse. Où la trouver maintenant? D'ailleurs, ces créatures là, c'est ici aujourd'hui et demain ça n'y est plus. Oh! les étrangers! Quelle engeance! Il faut toujours que nous soyons leurs dupes. Voilà ce que c'est que d'avoir trop de confiance et de ne pas les faire payer d'avance. Une belle journée, ma foi! Une sangle cassée, Poulette presque fourbue et pas le sou. C'était bien la peine de courir et de m'époumoner comme je l'ai fait. Qu'est-ce que je vais dire à la bourgeoise? Elle va bien m'arranger. C'est égal! Mon pauvre Caminas, si tu avais souvent des clients pareils, tu ne ferais pas fortune.

Tout en se lamentant, il fait demi-tour, suivi de son ânesse redevenue calme et tranquille et de

Poulot sage comme une image et reprend lentement le chemin de sa maison. Il a la mine
déconfite et l'air penaud d'un renard qu'une
poule aurait pris.

Peu à peu, cependant, ses pénibles préoccupations se dissipent; ses pensées se portent sur
des sujets plus agréables et l'association des
idées l'amène insensiblement à se rappeler la
profusion de jupons blancs et de dentelles au
milieu desquels il a eu tant de peine à retrouver
la jolie petite dame. Je ne sais quelles imagina-
tions saugrenues lui passent alors dans la cervelle, mais sa figure s'éclaire progressivement et
il finit par se mettre à rire bruyamment, en faisant claquer sa langue d'un air émerveillé, si
bien qu'il perd de vue l'acccueil qui l'attend chez
lui, lorsqu'il rentrera les mains vides.

Quant à la dame, moulue, rompue, brisée,
plus encore que si elle avait monté sur un des
ânes de Cigalon, elle a dû se coucher en arri-
vant et envoyer sans délai chercher un médecin,
de la consultation duquel il paraît résulter que
Caminas aurait bien fait de laisser Poulot à
l'écurie, puisqu'il tenait tant à ce que la Jeannette eut un nourrisson de plus à élever. Il
n'aurait pas eu, il est vrai, l'occasion d'admirer
de jolies dentelles, ce qui est certainement une

compensation, mais il n'aurait pas, par contre, perdu sa journée, ce qui lui aurait évité une scène avec la Jeannette.

Que voulez-vous. On ne peut pas penser à tout.

BOITE AUX LETTRES

BOITE AUX LETTRES

A M. le baron Thiry, à Toulouse.

— Ida.

— Quoi, M'man ?

— Baissez les yeux. Voilà encore ce jeune homme.

— Quel jeune homme !

— Celui qui nous suit partout depuis huit jours. Il s'arrête pour mieux nous examiner. Faut-il qu'il soit effronté ?

— Pourquoi ? Est-ce qu'il est défendu de regarder les gens ?

— Ah ! il s'en va. Ida.

— Quoi, M'man ?

— Suis-je convenablement coiffée ?

— Oui, M'man.

— Bien vrai ?

— Bien vrai.

— Cette robe me va mal, n'est-ce pas ?

— Mais non, M'man. Au contraire.

— Il me semble que je suis fagottée.

— Quelle idée.

— Je dois être laide à faire peur.

— Tu es ravissante.

— Petite flatteuse. Arrangez donc vos cheveux. Ils sont tout ébouriffés.

— Oh ! va, ils sont bien.

— Ida.

— Quoi, M'man ?

— Comment le trouvez-vous ?

— Qui, M'man ?

— Ce jeune homme.

— Je ne l'ai pas regardé.

— Pas même à la dérobée ?

— Puisque tu me fais toujours baisser les yeux lorsqu'il passe, comment veux-tu ?

— Voyons, ne mentez pas.

— Je t'assure.

— S'il avait jamais l'audace de vous adresser la parole, surtout ne l'écoutez pas et prévenez-moi immédiatement.

— Quand pourrait-il me parler ? Je ne te quitte jamais.

— Est-ce qu'on sait. Ces séducteurs sont si habiles. Ils ne cherchent qu'à faire tourner la tête aux jeunes filles pour s'en amuser ensuite. Ne vous laissez pas prendre à leurs belles phrases.

— Non, M'man ; sois tranquille.

— Et rapportez-vous en à moi pour vous choisir un époux qui puisse vous convenir, quand le moment en sera venu.

— Oui, M'man.

Ce dialogue a lieu, par une belle après-midi de juillet, entre une dame et sa fille assises à l'Intermittente et il est motivé par les allées et venues d'un baigneur, qui, chaque fois que l'occasion s'en présente, lance de leur côté des œillades incendiaires.

Ce baigneur a une trentaine d'années. Il est bien pris de sa personne ; sa démarche est aisée. Il cambre les reins en marchant et prodigue les effets de torse, de col, de manchettes, de binocle et de stick. Son teint est mat, ses traits sont réguliers. Une fine moustache noire couvre sa lèvre supérieure. C'est, en somme, un fort joli garçon et il ne l'ignore pas le moins du monde. De plus, il s'appelle M. Hyacinthe de de la Belœillère, ce qui ne gâte rien et il vit de ses rentes, ce qui rehausse considérablement ses avantages personnels Aussi est-ce un parti fort enviable et, depuis son arrivée dans la cité balnéaire, a-t-il, avec quelques jeunes gens, taillés sur le même patron, à essuyer les feux roulants et convergents de quantité de jolis yeux qui ont l'air de n'être venus à Vals que pour y chercher des maris et à subir les attaques savantes de nombreux parents désireux de se débarrasser de leur progéniture au profit de gendres aussi distingués que le bel Hyacinthe, comme on dit familièrement.

Cependant, ainsi qu'on l'a vu par le fragment de conversation que nous avons rapporté, deux personnes au moins paraissent ne pas partager l'engouement général. De ces deux personnes, l'une est de taille moyenne et fort replète. Elle est mise avec une grande élégance et est très serrée dans un de ces puissants corsets dont la destinée est plutôt de contenir les forts que de soutenir les faibles. Elle a de beaux yeux, d'abondants cheveux blonds frisottants et un teint très frais. Elle minaude beaucoup, rit à tout propos pour montrer ses dents blanches et se pince souvent les lèvres pour les rendre plus rouges. On ne lui donnerait pas plus de 35 ans, bien qu'elle ait franchi la quarantaine et elle peut facilement passer pour la sœur aînée de sa fille. Aussi n'a-t-elle pas renoncé à plaire. Elle se nomme Mme Roucoulan et elle est la veuve d'un ingénieur civil qui a eu l'ingénieuse idée de ne pas mourir trop tard et la civilité de laisser à sa femme de quoi tenir un rang convenable. Venue à Vals pour maigrir, elle se fait, depuis son arrivée, consciencieusement doucher et masser tous les jours, sans préjudice de verres d'eau puisés, matin et soir, à la Sophie, excellente, trouve-t-elle, pour son tempérament.

Quant à Mlle Ida, elle ne porte pas non plus les 20 ans qu'elle vient d'avoir, bien qu'elle soit assez grande. Elle a les traits fins, un profil délicat et des yeux très vifs. Elle semble très ingénue et fort naïve pour son âge, paraît attacher beaucoup moins d'importance à sa toilette que sa maman et ne s'occupe pas du tout de l'impression que ses charmes peuvent produire. Sa mère lui fait prendre des douches et partager ses libations pour la faire engraisser, dit-elle, en réalité pour la garder constamment à ses côtés.

Mais un monsieur d'une cinquantaine d'années, habillé à la dernière mode, tiré à quatre épingles et portant beau, a aperçu les deux dames et s'avance vers elles d'un air empressé, le chapeau à la main.

— Ah ! dit Mme Roucoulan, voilà M. le Comte de Vieux Pignon. Ida, tâchez d'être aimable.

— Oui, M'man.

— Bonjour, Mesdames.

— Bonjour, Monsieur le Comte.

— Comment allez-vous, aujourd'hui, Mesdames ?

— Fort bien et vous ?

— Bien, très bien. Ces eaux me réussissent à merveille !... Ce sont de vraies fontaines de Jouvence. Vous permettez ?

— Je vous en prie.

Il prend une chaise et s'assied.

— Et mademoiselle votre fille, qu'en avez-vous fait? lui demande Mme Roucoulan pour renouer la conversation.

— Elle excursionne je ne sais où, avec son frère et quelques amies. Ils sont partis ce matin à quatre heures.

Vous avez tort de laisser ainsi seule une jeune fille de son âge.

— Eh! voulez-vous que j'aille courir et escalader les monts à sa suite ?

— Non ; mais on la garde avec soi.

— Hum! ce serait bien un peu gênant pour moi, et puis, ça ne l'amuserait pas beaucoup.

— Pourquoi? Avec qui peut-on se trouver mieux qu'avec ses parents ?

— Je ne dis pas... certainement.....

— Demandez à ma fille, si ce n'est pas son avis. Ida, répondez à Monsieur.

Ida n'est pas à la question. Depuis le commencement de la conversation, sans se préoccuper le moins du monde de la présence de M. de Vieux Pignon, avec lequel elle ne fait rien pour être aimable, elle s'amuse à dessiner des ronds dans le sable avec le bout de son ombrelle, à jongler avec des petits cailloux, à attraper des mouches et à regarder les oiseaux voler. L'interpellation de sa mère la fait tressauter comme si elle sortait d'un rêve.

— Alors, mademoiselle, lui dit M. de Vieux Pignon, vous n'aimez pas les excursions?

— Je ne sais pas; je n'en ai jamais fait.

— Et le théâtre?

— Je n'y suis jamais allée.

— Et la danse?

— On ne m'a pas appris à danser.

— Votre plus grand plaisir est de tenir compagnie à Mme votre mère.

— Oui, M'sieu.

— Quelle candeur! et combien rare de nos jours! Mes compliments, Madame. Vous avez une fille accomplie et l'homme qu'elle épousera sera bien heureux. Malheureusement tous les parents ne sont pas aussi favorisés que vous. Aujourd'hui les enfants s'émancipent de bonne heure et prennent leur volée sans demander la permission.

— La faute en est à l'éducation qu'on leur donne.

— C'est évident, mais le moyen de faire autrement?

— Le moyen est bien simple. Il faut ne jamais

les quitter, les surveiller constamment et ne pas permettre toutes ces promiscuités, ces contacts mondains, ces familiarités déplacées, ces bals, ces cotillons, ces jeux soi-disant innocents qui sont bien la pire école de démoralisation.

— C'est vrai.

— Il faut choisir sévèrement ses relations et en écarter rigoureusement toute personne qui n'a pas été élevée dans les principes de la plus pure morale, attendu qu'il suffit d'une brebis galeuse pour gâter un troupeau.

— Ah! vous êtes bien la mère qu'il aurait fallu à ma fille!

— Vous me flattez, Monsieur le Comte.

— Non, parole d'honneur. Pauvre enfant! Elle était si jeune quand la sienne est morte. Un homme, vous comprenez, ne peut avoir cette sollicitude de tous les instants, ce dévouement féminin! Ah! je n'ai jamais mieux senti mon isolement qu'aujourd'hui.

— Qui vous empêche d'en sortir?

— Qui voudrait de moi maintenant? Je suis si vieux!

— Est-on jamais vieux quand on se porte bien? Vous êtes frais comme une rose et vigoureux autant qu'un jeune homme. Vous n'avez qu'à chercher pour trouver.

— Vous croyez?

— J'en suis convaincue. Ida, baissez les yeux.

— Oui, M'man.

L'injonction est motivée par la réapparition de M. Hyacinthe de la Belœillère qui vient s'asseoir audacieusement dans le voisinage des deux dames et se met à se dandiner sur sa chaise en mâchonnant la pomme d'argent de sa canne et en prodiguant les œillades les plus expressives.

— Oui, monsieur le Comte, continue Mme Roucoulan, prise tout à coup d'une singulière émotion et élevant la voix évidemment pour la galerie, oui, je suis persuadée que le jour où vous voudriez vous remarier vous n'auriez que l'embarras du choix. Je sais que, pour ma part, si j'étais demoiselle, je préférerais de beaucoup un homme de votre âge, qui serait pour moi un guide éclairé en même temps qu'un ami sûr et respectueux, à ces jeunes gens sans retenue, dont la seule préoccupation est de compromettre l'objet de leur amour par une poursuite indiscrète, qui recherchent uniquement la satisfaction de leurs grossières passions et ne comprennent rien à l'union immatérielle des âmes.

Ce petit discours n'est certes pas perdu pour tout le monde; mais il ne paraît produire aucun effet sur celui auquel il est vraisemblablement destiné. Le bel Hyacinthe n'en continue pas moins à se dandiner, en mâchonnant philosophiquement la pomme de sa canne et en continuant à prodiguer les œillades.

Pour la jeune Ida, elle a bien obtempéré à l'objurgation maternelle et elle a baissé fort docilement les yeux : Cependant, comme on ne lui a pas défendu de les relever de temps en temps, elle en profite, tout en continuant à faire des ronds dans le sable, pour couler, à son tour, de rapides et insidieux regards vers le terrible minotaure qu'on lui interdit de contempler et il semble que de vagues et fugitifs sourires, pleins d'inquiétants mystères, errent parfois et simultanément sur les lèvres des deux jeunes gens.

— Le fait est, opine M. de Vieux Pignon, que la jeunesse d'aujourd'hui me renverse. On ne respecte plus rien. Autorité paternelle, cheveux blancs, sentiments d'honneur, on foule tout aux pieds. Croiriez-vous que j'ai surpris, pas plus tard qu'hier, une lettre qu'un de ces godelureaux se permettait d'adresser à ma fille.

— Que vous disais-je ?

— Heureusement que le facteur n'a pas prêté attention à la suscription, en me remettant ma correspondance. Bien entendu, j'ai lu. Ah ! ma

chère dame ? Une déclaration en règle ; du reste,
fort bien tournée. L'instruction, il faut le reconnaître, a fait de grands progrès. Mais quel feu !
quelle flamme !

— Et qu'avez-vous fait ?

— Que vouliez-vous que je fasse ? Du bruit ?
Je n'aime pas beaucoup cela et il n'en résulte
généralement rien de bon. J'ai pris le parti de
déchirer la lettre et d'en rire.

— Voilà ! Ce sont ces indulgences coupables
qui sont cause de tout le mal. Jour de Dieu !
si pareille chose arrivait à Ida, je ne sais ce dont
je serais capable ! D'ailleurs, cela n'arrivera pas,
ne peut pas arriver par cette raison que je prends
toutes mes précautions, étant d'avis qu'en ces
matières il vaut mieux prévenir que guérir et
que deux sûretés valent mieux qu'une. Ainsi,
dès mon arrivée à Vals, j'ai donné le mot au
facteur et aux domestiques de la villa où je suis
descendue, en appuyant mes recommandations
d'un bon pourboire. De cette façon, je suis certaine qu'on me remettra les lettres que ces
beaux messieurs pourraient avoir l'idée d'adresser à ma fille. D'un autre côté, quoique j'aie
l'absolue conviction que si, par impossible, on
lui glissait quelque billet en cachette, elle serait
la première à me l'apporter sans le lire, bien

loin d'avoir l'idée d'y répondre, j'ai loué à la villa Valcour, parce que la maison est située juste en face de la poste et qu'Ida, en fût-elle tentée, ne pourrait aller jeter une lettre à la boîte, sans que je la visse de mes fenêtres.

Les détails donnés par M. de Vieux Pignon intéressaient-ils plus M. de la Belœillère que le discours moral qui les a précédés? Peut-être, car il a cessé de se dandiner sur sa chaise et a prêté une oreille attentive aux paroles du Comte. Quant à celles de Mme Roucoulan, elles ont le don de provoquer de sa part un sourire assez narquois, qui se trouve, par le plus singulier des hasards, avoir un reflet affaibli sur les traits de Mlle Ida, laquelle s'est remise à jongler avec ses petits cailloux, sans paraître écouter ce que l'on dit.

Mme Roucoulan va poursuivre, lorsque plusieurs jeunes gens font irruption dans le parc et, ayant aperçu le bel Hyacinthe, accourent vers lui. Après de vigoureuses poignées de main et des expansions bruyantes, ils s'asseoient en rond, parlant haut et tous ensemble, riant, gesticulant, fumant, bousculant les chaises, changeant constamment de place, sans se préoccuper des voisins.

— Ida, baissez les yeux, s'écrie Mme Roucoulan scandalisée.

— Oui, M'man.

— Ne regardez pas.

— Non, M'man.

— N'écoutez pas.

— Non, M'man.

— Dieu ! que ces Messieurs sont déplacés. Partons, ma fille ; quittons la place, cela vaudra mieux. Monsieur le Comte, nous accompagnez-vous ?

— Très volontiers ; trop heureux d'être votre cavalier.

Les deux dames et le Comte s'éloignent, suivis bientôt des quelques baigneurs qui, assis à l'ombre, prenaient tranquillement le frais et que chasse le train mené par les jeunes gens. Ceux-ci en profitent pour élargir leur cercle et prendre un peu plus leurs aises. Ils sont cinq, en comptant le bel Hyacinthe, savoir : un petit blond fort déluré, un grand brun, un éphèbe imberbe et timide, un gros roux à l'air bonasse.

— Mon cher, dit le bel Hyacinthe à l'éphèbe, j'ai une mauvaise nouvelle à t'annoncer. Ta lettre n'est pas arrivée à destination.

L'éphèbe. — Allons donc ?

Le bel Hyacinthe. — C'est le père qui l'a reçue.

L'éphèbe. — Vous voulez rire, Hyacinthe ?

Le bel Hyacinthe. — Pas du tout. Je viens de

l'apprendre, il n'y a qu'un moment, de la bouche même du papa.

L'éphèbe. — Me voilà bien ! Je n'ai plus qu'à filer.

Le petit blond. — Ecrire par la poste aussi ! Franchement, on n'est pas plus naïf.

L'éphèbe. — J'aurais cru que c'était ce qu'il y avait de plus sûr.

Le petit blond. — La poste, ce qu'il y a de plus sûr ? Ah bien !

Le grand brun. — Oui, parlons en ! Et toutes les lettres qui s'égarent.. ..

Le bel Hyacinthe. — Et qui finissent toujours par tomber entre les mains d'un Bartholo ou d'un Othello quelconque.

Le grand brun. — Et les retards invraisemblables que cette administration fantaisiste apporte dans ses distributions ! Si tu crois que ce n'est pas plus que suffisant pour nous en dégoûter !

Le gros roux. — Il y a la poste restante.

Le grand brun. — Ah ! oui, la poste restante.

Le petit blond. — Facile à employer dans un pays où l'on est les uns sur les autres. Veux tu qu'au bout de deux jours ton secret courre les rues ? tu n'as qu'à te servir de ce moyen. C'est comme les commissionnaires, pour qu'on pût s'y fier, il faudrait qu'ils fussent sourds, muets et aveugles, et encore !

L'éphèbe. — Si j'avais su, j'aurais mis ma lettre dans un bouquet.

Le grand brun. — C'est un assez bon procédé.

Le bel Hyacinthe. — Oui, quand on est autorisé à offrir des bouquets ; je ne crois pas, par exemple, que ce soit ici le cas.

Le gros roux. — On dépose le bouquet à la porte de la personne ou sur sa fenêtre, et ni vu ni connu.

Le bel Hyacinthe. — Pour qu'il soit enlevé par le premier venu.

Le petit blond. — Essayez de cette boîte aux lettres, mes amis, et vous m'en direz des nouvelles. Qu'un père, qu'un tuteur, qu'un époux soupçonneux, comme ils ne le sont que trop, les monstres, s'avise de défaire l'innocent bouquet, sous l'insidieux prétexte de donner de l'air à ces pauvres fleurs, et voilà l'expéditeur et la destinataire dans de beaux draps.

Le grand brun. — Ça c'est vrai et, quant aux bouquets parlants, on ne peut guère y songer non plus, le langage des fleurs étant, de nos jours, beaucoup mieux compris que celui des bêtes.

Le gros roux. — Tout cela est fort embarrassant.

L'éphèbe. — Une autre fois, je ferai mieux ; je me servirai d'un pigeon voyageur.

Le gros roux. — Tiens, c'est une idée.

Le grand brun. — Le fait est qu'avec un pareil commissionnaire, on n'aurait pas à craindre les bavardages.

Le bel Hyacinthe. — Malheureusement, on n'a pas constamment un pigeon voyageur sous la main.

Le petit blond. — Mon Dieu, chacun de ces moyens peut s'employer, suivant les gens et les circonstances ; mais, à mon avis, le plus sage est de faire ses affaires soi-même, d'être autant que possible son propre facteur et de glisser de la main à la main, à la promenade, dans un dîner, dans un bal, voire à l'église, le poulet impatiemment attendu.

Le grand brun. — C'est quelquefois bien difficile.

Le petit blond. — Lorsque c'est impossible, il n'y a qu'une chose à faire : confier ses billets doux à des cachettes dont les meilleures seront justement celles qui paraîtront, aux yeux du vulgaire non initié, les moins propres à cet usage.

Le bel Hyacinthe. — Ah ! mon gaillard, c'est toi le plus malin. Bravo !

Le petit blond. — Vous savez, mes amis, que, si l'on tient à soustraire son or et ses bijoux à l'indiscrète curiosité des hauts barons de l'escalade et de l'effraction, il faut se garder de les déposer dans ces beaux meubles à serrures compliquées et à secrets qui décèlent aussi clairement que des plaques indicatrices pourraient le faire la présence de ce vil métal que nous méprisons seulement dans la poche des autres. Mettez tout simplement votre bas de laine ou votre tire-lire dans une soupière ébréchée, un pot à fleurs félé, un piano désaccordé ou une vieille guitare, et les voleurs en seront presque toujours pour leurs frais. Ils auront beau bouleverser la maison, enfoncer les armoires, éventrer le coffre-fort, briser les serrures, il est à peu près certain qu'ils s'en retourneront les mains vides, à moins qu'ils n'aient un goût particulier et assez rare pour les soupières ou les pots à fleurs fendus, les pianos ou les guitares en retraite.

Le gros roux. — Tous les goûts sont dans la nature.

Le petit blond. — C'est évident ; mais, il ne faut pas raisonner sur les exceptions et je veux arriver à cette conclusion que, si nous savons bien choisir nos cachettes, ceux qui sont les plus intéressés à les connaître passeront devant, dessus ou à côté, dix fois le jour, sans les dépister.

Le bel Hyacinthe. — Tu es un grand homme, mon cher.

Le petit blond. — En conséquence de ce qui précède, j'ai successivement expérimenté tout ce qui pouvait être utilisé comme boîte aux lettres. J'ai employé les troncs d'arbres, les trous de vieux murs, les conduites des gouttières, quand il ne pleut pas par exemple, le pied ordinairement creux des vases de jardin, le dessous des caisses à fleurs ; mais ce que je préfère encore c'est le vulgaire banc des promenades publiques, sous le siège duquel on colle sa lettre avec un pain à cacheter. Oh ! ça, c'est infaillible.

Le bel Hyacinthe. — Eh ! bien, moi, j'ai trouvé mieux.

Tous. — Bah ! quoi donc ?

Le bel Hyacinthe. — Une boîte aux lettres à nulle autre pareille.

Tous. — Laquelle ?

Le bel Hyacinthe. — Ah ! voilà ; cherchez.

Tous. — Fi, le vilain cachotier !

Le grand brun. — A propos, comment es-tu avec tes dulcinées ?

Le bel Hyacinthe. — Je ne suis pas mal ; ne m'en demandez pas davantage.

Le gros roux. — Il faut toujours être discret, quand on peut.

Le bel Hyacinthe. — Messieurs, il est quatre heures et demie, je vous quitte ; je vais boire.

L'éphèbe. — Allons, Hyacinthe, vous n'allez pas continuer à nous la faire au traitement.

Le petit blond. — Monsieur est si malade ! Il a besoin de se soigner.

Le bel Hyacinthe. — Ris tant que tu voudras, Je suis les conseils de mon médecin.

Le petit blond. — Qui t'a ordonné d'aller boire aux mêmes heures et aux mêmes sources que les dames de tes pensées.

Le gros roux. — S'il veut maigrir aussi.

Le petit blond. — Décidément, pour laquelle soupires-tu, voyons ? Pour la mère ou pour la fille ?

L'éphèbe. — Pour les deux peut être.

Le bel Hyacinthe. — Devinez.

L'éphèbe. — A quand la noce ?

Le bel Hyacinthe. — Je vous le dirai bientôt.

Le grand brun. — Tu sais, je m'inscris comme témoin.

Le gros roux. — Moi aussi.

L'éphèbe. — Et moi, comme garçon d'honneur.

Le petit blond. — Et moi, comme ami intime.

Le bel Hyacinthe. — C'est entendu, au revoir.

Tous. — A ce soir.

Le petit blond. — Va, mon bonhomme, fais le mystérieux, tant que tu voudras ; je saurai bien découvrir ta cachette.

Tous. — Tu nous la feras connaître, dis ?

Le petit blond. — Je vous le promets. Qui vient faire une partie de billard ?

Tous, avec ensemble. — Moi.

Et les quatre jeunes gens, abandonnant la place aux baigneurs paisibles, vont s'engouffrer, avec grand tapage, dans le café du casino, pendant que, de son côté, le bel Hyacinthe se dirige rapidement vers l'entrée de la galerie égyptienne.

Tout le monde connaît cette galerie souterraine dont les extrémités sont occupées par les grottes de la Marie et de la Sophie, lesquelles, éclairées de haut en bas au moyen de lanternons vitrés, ont un certain air de parenté avec ces apothéoses mystiques qui décorent le fond des nefs de certaines églises. On accède à cette

galerie soit par un double escalier auquel fait
suite un passage voûté débouchant à égale distance des deux grottes, soit par un couloir en
pente douce qui s'ouvre à travers des roches
assez pittoresquement fouillées, en contournant
la grotte de la Sophie.

C'est près de cette source que, si nous dis-
tançons un peu M. de la Bellœillère, nous re-
trouverons, avant lui, Mme Roucoulan et sa fille,
accompagnées de M. le Comte de Vieux Pignon.

La jolie veuve est en train de boire un verre
de Sophie, ce qu'elle fait avec une connaissance
approfondie des mines, des poses et des attitu-
des. Elle vide, en effet, son verre à petits coups
savamment espacés, à seule fin de faire, chaque
fois, valoir un poignet rond et blanc cerclé d'un
large bracelet d'or et une main un peu grasse,
mais d'un dessin très pur, dont les doigts chargés de bagues, s'étagent gracieusement en aile
de pigeon au dessus du verre. Obligée, pour
boire, de renverser la tête en arrière, elle en
profite, pour laisser retomber sur ses yeux,
d'un air modeste, ses paupières frangées de
longs cils soyeux, et faire ressortir, dans toute
sa correction, la ligne qui s'étend d'un menton
harmonieusement arrondi à l'échancrure de la
robe dont l'entrebaillement laisse voir la nais-

sance d'une gorge qui paraît ne pêcher encore
que par un excès d'opulence.

—.Dieu que c'est mauvais, dit-elle en esquis-
sant une coquette grimace destinée à accentuer
la petitesse de sa bouche purpurine. Peut-on
boire des choses pareilles! et c'est d'un froid!
Brou! Ça me glace. Ces médecins sont vraiment terribles! Ils vous condamnent sans sour-
ciller à des épreuves affreuses. Pouah! cette eau
me semble plus détestable que jamais.

Pendant que la dame se livre à sa petite co-
médie qui, du reste, se renouvelle chaque jour,
sauf lorsqu'il n'y a pour en jouir que la gardienne de la source, M. de Vieux Pignon la regarde avec des yeux où se peint une admiration
des moins dissimulées.

Mlle Ida, ne partageant pas cette admiration et
ayant, sans conviction aucune, avalé d'un trait
la ration à laquelle l'oblige la sollicitude maternelle, passe son temps à explorer attentivement
les roches qui bordent le couloir conduisant à
la source. Elle en gratte la pierre de son ongle,
en fouille les anfractuosités avec le bout de son
ombrelle. Dans quel but? Qu'y cherche-t-elle?
Rien probablement. Elle est si enfant, pense
Mme Roucoulan, il faut bien qu'elle s'amuse un
peu. Mais celle-ci la rappelle tout-à-coup près

d'elle, attendu qu'elle vient d'apercevoir M. de la
Belœillère.

— Ida, où êtes-vous ? dit-elle d'une voix subitement tremblante. Venez ici.

— Oui, M'man.

— Baissez les yeux.

— Oui, M'man.

— Monsieur le Comte, allons-nous en ; voulez-vous ?

— A vos ordres, Madame.

Et la jolie veuve, paraissant vraiment fuir devant le joli garçon, entraîne le Comte et sa fille vers le passage central, où ils disparaissent bientôt.

Resté seul, le bel Hyacinthe avale à la hâte un verre d'eau dont il pourrait bien, en réalité, n'avoir aucun besoin et, n'ayant rien de mieux, à faire pour le moment, se met à son tour à examiner attentivement les roches du couloir, en se livrant à la même mimique que Mlle Ida ; puis, satisfait, sans doute de son examen, il s'en va tranquillement vaquer à ses affaires.

* * *

Une quinzaine de jours passent de la sorte sans amener de notables changements dans la situation respective de nos personnages.

Mme Roucoulan minaude à son habitude, la
jeune Ida se montre aussi ingénue qu'à l'ordinaire; l'audace du bel Hyacinthe, qui fait toujours des effets de torse, de col, de manchettes,
de binocle et de stick, et l'admiration de M. de
Vieux Pignon qui porte toujours beau se main-
tiennent au même diapason. Les deux jeunes
gens enfin continuent à tour de rôle à explorer
les rochers de la Sophie, comme s'ils avaient
l'intention d'en publier une monographie dé-
taillée, ce qui, on l'avouera, ne laisse pas que
d'être assez bizarre.

Cependant, le séjour des deux dames à Vals
tire à sa fin. Leur saison est expirée et, si
Mme Roucoulan retarde son départ, ce n'est,
affirme-t-elle, que pour prolonger un peu un
traitement dont elle n'a pas encore obtenu tous
les résultats voulus. Il semble toutefois qu'un
autre motif contribue aussi à la retenir et qu'elle
attende quelque événement sur lequel elle aurait
compté et qui tarderait à se produire. Enfin,
perdant apparemment l'espoir de maigrir davantage ou de voir se réaliser les éventualités
qu'elle a pu envisager, elle annonce, une après-
midi, à l'Intermittente, à M. de Vieux Pignon,
qu'elle partira, quoiqu'il arrive, dans trois jours
au plus tard.

M. de la Belœillère, assis encore dans le voisinage du groupe, se dandine d'un air détaché
en mordillant sa canne; mais, à peine l'avis
au lecteur, fait à haute et intelligible voix,
lui est il parvenu, qu'il lance un coup d'œil
rapide et interrogatif vers les deux dames et
rencontre, encore par hasard, le regard de
Mlle Ida, dont l'expression semble avoir toute la
valeur d'une réponse tacite. Est-ce à ce regard
dont M. de la Belœillère n'a aucune raison pour
s'attribuer l'honneur, puisqu'il n'a jamais, que
l'on sache, parlé à la jeune fille, est-ce à l'annonce du départ de Mme Roucoulan, ce qui
serait aussi invraisemblable, qu'il faut attribuer
la joie qui illumine ses traits? Je l'ignore. En
tous cas, il se lève aussitôt et part rayonnant.

Le Comte de Vieux Pignon se lève également
et, d'une voix un peu tremblante, sollicite, avant
de se retirer, l'autorisation de se présenter chez
la jolie veuve, dans la journée du lendemain, ce
que celle-ci lui accorde sans difficulté.

Le lendemain, vers deux heures, Mme Roucoulan, qui a fait une toilette irrésistible, se
tient dans son salon, attendant la visite de
M. de Vieux Pignon. Quant à sa fille, elle l'a
momentanément consignée dans sa chambre.

Un coup de sonnette retentit bientôt; la

bonne va ouvrir et, au bout d'un instant, apporte une carte à sa maîtresse ; celle-ci, sans la
regarder, persuadée qu'elle ne peut émaner que
du Comte, donne l'ordre d'introduire le visiteur
et s'avance pour le recevoir. Mais, quoi ! elle
s'arrête interdite et toute émue. La personne
qui vient d'entrer n'est pas M. de Vieux Pignon ;
c'est M. Hyacinthe de la Belœillère, ganté de
clair, en habit noir et cravate blanche. Il paraît
lui même fort impressionné.

— Madame, commence-t il d'une voix hési-
tante, pendant que Mme Roucoulan se remet
peu à peu, ma démarche doit certainement vous
étonner et je vous prie bien humblement d'excuser la hardiesse que j'ai de me présenter
devant vous. J'ai vainement cherché quelqu'un
qui pût me servir d'introducteur près de vous.
Ne connaissant personne de votre intimité et
croyant savoir que vous alliez bientôt quitter le
pays, je me suis décidé à venir vous trouver
pour vous adresser moi-même une demande
dont on charge généralement un intermédiaire.
J'ose espérer que cette dérogation aux usages
ne me nuira pas dans votre esprit et n'influera
pas sur votre décision.

— Asseyez-vous, Monsieur, fait Mme Roucoulan, qui voit clairement où tend le jeune homme

et, toute heureuse, l'invite, en minaudant, à s'expliquer.

— Madame.... Madame.... Ah! c'est bien embarrassant.

— Tant que cela?

— Oui, madame; c'est drôle, je ne sais plus par où commencer.

— Je ne vous aurais pas cru aussi timide. Avez-vous besoin que je vous aide?

— Ah! Madame.

— Voyons; puisqu'il en est ainsi, laissez-moi venir à votre secours. Vous voulez dire, n'est-ce pas, que, depuis que ma fille et moi sommes arrivées à Vals, vous avez conçu pour nous des sentiments qui sont devenus plus vifs de jour en jour et se sont manifestés parfois d'une manière un peu..., comment dirai-je, moi aussi, un peu audacieuse.

— Ah! pourrai-je jamais me faire pardonner!

— Passons. Donc. pour aller tout de suite au fait, vous avez conçu l'espoir d'obtenir notre main. Est-ce cela?

— Madame, vous l'avez dit et je serais au comble de mes vœux, si...

— Eh! bien, Monsieur, eh! bien .. nous ferions certainement mieux de ne pas vous écou-

ter et de vous punir ainsi de votre poursuite
téméraire... Cependant... je dois à la vérité
de.... de reconnaître que.... nous.... nourrissons pour vous une..... sympathie que
votre conduite assurément ne justifie pas, mais
dont... nous chercherions vainement à nous
défendre et qui est assez vive pour nous dispo-
ser à examiner votre demande plus sérieusement qu'elle ne le mériterait peut-être.

— Ah ! Madame.

— Vous devez comprendre cependant que
nous ne pouvons prendre une détermination
sans y avoir mûrement réfléchi. Nous partons
dans trois jours ; revenez après demain et vous
aurez notre réponse.

— Madame, comment vous remercier pour
l'indulgence que vous voulez bien me montrer
et la félicité que vous me laissez entrevoir ! Ah !
ma vie sera employée à vous témoigner ma reconnaissance et à me faire pardonner....

— Tous les hommes parlent ainsi.

— Mais moi, je suis sincère et ne cesserai
de l'être.

— C'est ce que nous verrons.

— Avant de prendre congé, permettez-moi
de vous donner quelques renseignements sur
moi-même. J'ai trente ans. Je n'ai pas de pa-

rents et je possède vingt mille francs de rente.
Mes propriétés...

— Il suffit, Monsieur ; nous ne tenons pas à
l'argent. Les qualités du cœur et de l'esprit sont
tout pour nous. A après-demain, à la même
heure.

— Comptez sur mon exactitude. Ah ! que le
temps va me sembler long ! Madame..

Le bel Hyacinthe s'incline profondément, dépose sur la blanche main que lui tend Mme Roucoulan un baiser respectueux et se retire ayant
le ciel dans l'âme.

— Je n'aurais pas cru que cela aurait été
aussi facile, se dit-il, radieux et touchant à peine
le sol tant le bonheur le transporte. Dans deux
jours je connaîtrai mon sort. Eh ! ne le con-
nais-je pas déjà ? Assurément ce petit délai n'est
qu'une question de réserve fort louable. Histoire de me faire languir un peu. Ces quarante-
huit heures vont me paraître un siècle....
chère ange, comme je t'aimerai, comme je te
rendrai heureuse, va !

— Il est charmant, fait de son côté Mme Roucoulan, lorsqu'elle se retrouve seule. Il est d'une
timidité !.. une vraie jeune fille. Et dire que je
le croyais effronté ! Pauvre jeune homme, l'avais-
je mal jugé !

Mais un second coup de sonnette se fait entendre. Cette fois, c'est bien M. de Vieux Pignon
qui se présente.

— Madame, débute-t-il après l'ordinaire
échange de politesse, si vous ne m'aviez pas annoncé, avant-hier, votre prochain départ, je
n'aurais pas osé encore prendre sur moi de faire
près de vous la démarche que je tente aujour-
d'hui; mais, craignant, si je vous laissais quitter
ces lieux sans m'expliquer, de ne plus retrouver
une occasion propice de le faire, j'ai rassemblé
tout mon courage, et...

— Tout votre courage! Grand Dieu! Qu'avez
vous à m'apprendre?

— Vous souvenez-vous, Madame, de ce que
vous m'avez dit, un jour à l'Intermittente, en
m'exhortant à sortir de l'isolement où je me
morfondais?

— Oui; je vous ai dit que, le jour où vous
vous décideriez à vous remarier, vous n'auriez
que l'embarras du choix et que, pour ma part,
à la place d'une jeune fille, je vous préférerais à
beaucoup d'autres.

— Eh bien, Madame, voulez-vous faire de moi
le mortel le plus fortuné?

— Je ne demanderais pas mieux si je le pouvais, car j'ai pour vous la plus sérieuse estime;

mais en quoi puis-je avoir quelque influence sur votre bonheur?

— Madame, ne me comprenez-vous pas?

— Non, en vérité.

— Ne savez-vous pas qu'il est en votre pouvoir de m'accorder le bien inestimable que j'ambitionne par dessus tout?

— Je vous assure que j'ignore de quel bien vous voulez parler.

— Ah! vous ne feignez de ne pas saisir le sens de mes paroles que pour me repousser. Je ne le vois que trop. J'avais fait un rêve qui, hélas! ne se réalisera pas. Oui, j'avais rêvé de passer le restant de mes jours entre vous et Mademoiselle votre fille, appuyé tendrement sur l'une et sur l'autre, aimé de toutes deux, vous adorant toutes deux. Mes enfants, auxquels j'avais fait part de mes désirs, auraient été heureux, eux aussi, de retrouver près de vous les charmes de la vie d'intérieur qui leur manque depuis si longtemps et que vous auriez été si apte à leur procurer. Vos conseils éclairés, votre tendresse vigilante leur auraient rendu les plus grands services et ils vous en auraient eu la plus profonde reconnaissance. Faut-il qu'ils renoncent, ainsi que moi, au doux espoir de nous voir réunis en une seule et même famille! Madame, si ce n'est pour moi, que ce soit du moins pour eux. Acceptez, je vous en prie. Peut-être craignez-vous une opposition de Mlle Ida ? Priez la de ma part. Intercédez. Obtenez son consentement. Dites-lui bien qu'il y va de ma vie. Dites-lui que la faveur que je sollicite pour moi et mes enfants ne fera qu'accroître l'affection que je lui porte et que je ne cesserai d'être, en même temps que votre esclave dévoué, son fidèle et sincère admirateur.

— Monsieur, j'étais loin de m'attendre à l'honneur que vous daignez nous faire. Ne vous étonnez pas si vous m'en voyez surprise. Certes, votre recherche est on ne peut plus flatteuse et satisferait de plus ambitieuses que nous, aussi je ne la repousse pas en principe. Mais vous me prenez à l'improviste, et, comme vous le dites vous-même, il importe d'abord, et avant tout, que je consulte ma fille, qui est, dans la circonstance, la principale intéressée. Il importe que je sache comment elle accueillera votre demande. Je vous promets de l'interroger aujourd'hui même. Revenez dans deux jours. D'ici là, nous réfléchirons et nous prendrons une résolution.

— Madame, c'est le ciel que vous m'ouvrez !
— Croyez que je ferai ce qui dépendra de moi

pour décider Ida. Cependant, Monsieur, je ne vous promets rien...

— Laissez-moi espérer...

— A après demain.

— A après-demain donc. Jusque-là je ne vais pas vivre.

A peine M. de Vieux Pignon est-il parti que Mme Roucoulan fait appeler sa fille, qui arrive en sautillant et en regardant voler les mouches.

— Ida, lui dit-elle, ne sautillez pas comme cela ; vous me fatiguez. Asseyez-vous près de moi et tâchez de m'écouter attentivement. Figurez vous que je viens de recevoir deux demandes en mariage. Devinez un peu de qui?

— Comment veux-tu que je devine? Je ne connais personne.

— Cherchez bien.

— Je ne sais pas, M'man.

— Vous n'avez pas la moindre perspicacité. L'une est de ce jeune homme qui nous suit partout si obstinément.

— Ah !

— Oui, de M. Hyacinthe de la Belœillère ; c'est ainsi qu'il s'appelle..... Je m'étais absolument trompé sur son compte. C'est un charmant garçon.

— Certainement.

— Comment ? Qu'en savez-vous ?

— Moi ? rien, M'man. C'est pour dire comme toi.

— Eh ! bien, Monsieur de la Belœillère vient de m'offrir son nom et sa main.

— Pour moi ?

— Pour vous ? Où avez-vous la tête ? Vous déraisonnez, je crois. Serait-ce là un mari qui vous conviendrait ? Du reste, il n'y songe pas et c'est de moi qu'il veut faire sa femme.

— Ah !

— Que pensez-vous de cela ?

— Rien, M'man.

— Cela ne vous ferait pas de peine de me voir remarier ?

— Pas du tout, M'man.

— Je suis heureuse de vous trouver dans ces sentiments. Soyez sûre, d'ailleurs, que je resterai la même pour vous, et que M. de la Belœillère est trop bon pour être jaloux de la tendresse que je vous témoignerai. Autre chose maintenant. Je vous ai dit que, le moment venu, je vous choisirais moi-même un époux. Or, un parti inespéré se présente dans la personne d'un homme que j'apprécie infiniment, d'un homme d'un grand cœur et d'une haute raison, de

M. le Comte de Vieux Pignon enfin, qui vous adore et ne saurait plus vivre sans vous et auquel je vous ai promise. Je pense que cela n'est pas pour vous déplaire et que je ne me suis pas trop avancée.

— Non, M'man.

— Vous êtes toute pâle et vous tremblez. Seriez-vous indisposée ?

— Non, M'man.

— J'ai demandé à ces messieurs deux jours de réflexion, parce que je ne voulais pas avoir l'air de nous jeter leur tête. Après demain, quand M. de Vieux Pignon viendra, vous lui donnerez vous-même votre réponse.

— Oui, M'man. Tu n'avais pas autre chose à me dire ?

— Pour le moment, non.

— Je puis me retirer ?

— Sans doute.

— Merci, M'man.

La jeune fille s'en va en sautillant de plus belle et en attrapant une mouche au vol.

— Elle a pris la chose mieux que je ne le pensais, fait sa mère en aparté. J'aurais cru à plus de difficultés de sa part, car elle me semblait avoir peu de goût pour le Comte. Après cela, elle est si enfant ! Est-ce qu'elle peut savoir.

Ah ! c'est bien là le mari qu'il lui faut, un homme d'âge qui ait de la raison pour deux et qui puisse la guider. Que ferait-elle avec un jeune homme ? Je me le demande.

Ida est retournée dans sa chambre ; mais à peine y est-elle enfermée que l'expression enfantine et ingénue de sa physionomie change subitement et devient tout-à-coup sérieuse et décidée. Ses sourcils froncés, ses lèvres contractées décèlent l'énergie des passions qui l'agitent. Ses yeux, si souvent vagues et perdus dans le vide, lancent des éclairs de colère. Brusquement elle s'assied devant un bureau, saisit une feuille de papier et une plume, et écrit rapidement la lettre suivante :

« MONSIEUR,

« Ma mère vient de m'apprendre que vous aviez sollicité sa main. Ou vous êtes un traître, sans foi et sans honneur, ou elle m'a indignement trompée. J'ai vingt lettres de vous pleines de protestations d'amour, de fidélité, de dévouement. Moi-même, je n'ai pas su vous cacher que je serais heureuse de devenir votre femme et c'est au moment où il est convenu entre nous que vous vous déclarerez, au moment où je vous

en donne l'autorisation, à la veille de notre départ, que vous m'auriez trompée de cette odieuse
façon ? Non, je ne puis le croire. Je ne puis me résoudre à admettre que vous soyez capable d'une
telle félonie. Mais, si cela n'est pas, c'est donc
ma mère qu'il me faut accuser d'avoir cherché
à me leurrer pour me décider plus facilement à
accepter un autre hymen. Apprenez, en effet,
que M. de Vieux Pignon m'a demandé en mariage. Or, je suis décidée à tout, même à fuir,
pour échapper à cette union que j'abhorre. Si
vous n'êtes pas parjure à vos serments, si
vous n'avez cessé de m'aimer, ce que je veux
espérer, soyez ce soir, à 7 heures, à la gare.
J'y serai moi-même et nous partirons ensemble.
Je ne me dissimule pas que la résolution que
je prends est bien hasardée ; mais je pense que
vous vous montrerez digne de la confiance que
je vous témoigne et que vous vous ferez un
devoir de respecter votre fiancée, jusqu'à ce
qu'elle ait pu devenir votre femme. Je saurais,
du reste, me défendre, le cas échéant. Si vous
avez abusé de ma crédulité, si c'est bien de ma
mère que vous êtes amoureux, votre absence
suffira à me l'apprendre. Je comprendrai alors
qu'il ne me reste plus qu'à mourir et ma résolution sera vite prise et plus vite mise à exécu-

tion. Vous pourrez ensuite épouser paisiblement celle que vous aurez préférée. A ce soir,
ou à jamais.

« IDA. »

Par quelle voie cette lettre est-elle parvenue
dans les mains du bel Hyacinthe? Je ne sais.
Toujours est-il qu'écrite vers les 4 heures
de l'après-midi, elle était arrivée à destination
avant 5 heures, sans que la jeune fille eût
quitté une minute sa mère qu'elle avait accompagnée, comme d'habitude, à la Sophie. Toujours
est-il aussi qu'ayant pu s'esquiver, sous un prétexte quelconque, elle arrivait, à 7 heures
sonnant, à la gare où l'attendait déjà M. de la
Belœillère, prêt à partir, bien qu'il n'eût rien
compris à la lettre d'Ida, n'ayant jamais songé,
comme bien l'on pense, à se marier avec Mme Roucoulan. A 7 h. 20, le train s'ébranlait, emportant
les deux amoureux, qui n'avaient pas jugé à
propos de mettre le chef de gare dans la confi-
dence de l'itinéraire qu'ils comptaient suivre.

Je laisse à imaginer l'émoi de Mme Roucoulan
lorsqu'elle constata que sa fille était sortie depuis
plus d'une heure. Que signifiait cette fugue
insolite, la première qu'elle se fût jamais per-
mise? Où pouvait-elle bien être allée? Pourquoi

n'avait-elle pas prévenu? Que faire? Aller à sa recherche? Dans quelle direction? Ne valait-il pas mieux attendre à la villa, puisque évidemment elle ne pouvait tarder à rentrer? Ah! on allait bien l'arranger, lorsqu'elle reviendrait. On lui en donnerait des sorties clandestines. Des enfantillages pareils passaient vraiment la permission. Mais Ida ne rentra pas et pour cause. Les heures succédèrent aux heures et la nuit toute entière s'écoula dans l'attente.

Mme Roucoulan était folle. Aussitôt le jour venu, elle envoya chercher M. de Vieux Pignon qui arriva bientôt et partit incontinent à la découverte. La police locale prévenue se mit de son côté en campagne. On fit des enquêtes; on interrogea nombre de gens. Personne ne put donner le moindre renseignement.

Pendant ce temps Mme Roucoulan pleurait; arrachait ses cheveux, ses beaux cheveux blonds frisottants, tombait en pamoison, ne songeant plus à minauder, ni à faire valoir ses grâces, sincèrement désolée et stupéfaite aussi de cette fuite inexpliquée qui lui révélait tout à coup chez sa fille un caractère et une décision qu'elle n'avait jamais soupçonnés.

Quatre jours passèrent de la sorte, sans amener aucun résultat. Mme Roucoulan ne savait plus à quel saint se vouer et parlait de s'adresser à M. Lozé et de le prier de mobiliser à son profit la brigade de recherches, lorsque le facteur lui apporta une lettre ; c'était une lettre d'Ida et voici ce qu'elle contenait :

« M'MAN,

« Ne t'inquiète pas. Je ne suis pas perdue. Je suis simplement allée faire un petit tour pour voir si je pourrais marcher sans lisières. Je me suis fait toutefois accompagner par M. Hyacinthe de la Belœillère, afin d'être sûre de ne pas m'égarer. Il ne tient qu'à toi de me voir revenir. Tu n'as qu'à m'envoyer, aux initiales I.R.H.B., poste restante, Bureau central, Paris, ton consentement à mon mariage avec mon compagnon de voyage que j'aime décidément beaucoup mieux comme mari que comme beau-père et qui sera pour toi un gendre parfait ; quant à M. de Vieux Pignon, que tu voulais me donner pour époux, je crois que tu seras mieux son fait et je n'aurai, je t'assure, aucune répugnance à l'appeler Papa. Les arrangements que tu avais pris ne me convenaient pas, je les ai modifiés légèrement. Je pense que nous ne nous en repentirons ni l'une ni l'autre. N'oublie pas,

M'man, que je serai majeure dans un an et que je pourrai alors me passer de ton consentement, si tu me le refusais. Dans ce cas, je prendrais, en attendant, mes précautions pour qu'on ne puisse pas me retrouver ; mais j'espère que tu seras raisonnable et que nous n'en arriverons pas là. Comptant sur une prompte et favorable réponse, je me dis ta fille dévouée qui t'aime bien.

« IDA ROUCOULAN. »

« P. S. — M. de la Belœillère a été parfait de réserve et de déférence. Il m'a conduit chez des amis à lui, un monsieur et une dame tout à fait gentils, chez lesquels je resterai, s'il le faut, jusqu'au moment de mon mariage. Mon futur dépose à tes pieds l'hommage de son respect et joint ses instances aux miennes.

« IDA. »

A la lecture de cette lettre, Mme Roucoulan n'a pas cru pouvoir faire autrement que d'avoir une nouvelle crise de nerfs, au sortir de laquelle elle a tempêté, crié, maudi sa fille, juré qu'elle ne la reverrait de sa vie, qu'elle était morte pour elle, etc., etc.

Deux jours après, elle quittait Vals. Deux

mois plus tard, elle était mariée avec M. le Comte de Vieux Pignon et sa fille, rentrée en grâce, devenait Mme de la Belœillère. Inutile d'ajouter que l'une a recommencé à minauder de plus belle et que l'autre a dépouillé pour toujours son personnage d'Agnès fin de siècle, désormais inutile.

Mais, me direz-vous, lecteur, comment ces deux jeunes gens avaient-ils pu entretenir des intelligences et correspondre, puisque Mme Roucoulan ne quittait pas sa fille d'une semelle et qu'elle avait pris toutes les précautions voulues? Vous ne nous l'avez toujours pas expliqué.

Si vous vous étiez, comme moi, trouvé, le lendemain du jour où Mlle Ida avait disparu, à l'Intermittente, et que vous eussiez prêté l'oreille à la conversation des quatre amis du bel Hyacinthe que nous avons déjà eu le plaisir d'écouter et qui s'y trouvaient encore réunis, vous auriez eu le mot de l'énigme.

Voici cette conversation que j'ai prudemment sténographiée à votre intention :

L'éphèbe. — C'est égal, c'est bien joué tout de même ! Ah ! le mâtin. Il est fort. A-t-il été discret !

Le gros roux. — Moi, je n'aurais pas pu tenir ma langue.

Le petit blond. — Oui, c'est bien travaillé. Mais il a été joliment secondé par la demoiselle. Parlez-moi de cela !

Le gros roux. — C'est un ange !

Le grand brun. — Ah ! ça, n'avais-tu pas dit que tu découvrirais leur cachette ?

Le petit blond. — Oui, je l'ai dit.

L'éphèbe. — Ce qui n'empêche que tu n'as rien découvert du tout et que tu as été roulé comme les autres.

Le petit blond. — Qu'en sais-tu ?

Le grand brun. — Quoi ! tu aurais réussi ?

Le petit blond. — Sans doute.

Tous. — Oh ! parle vite.

Le petit blond. — Vous savez avec quelle exactitude notre ami allait, deux fois par jour, boire à la Sophie. Vous savez aussi qu'il se rendait à la source aux mêmes heures que les dames Roucoulan. Cette régularité presque mathématique n'avait pas été sans me frapper. Je m'étais dit qu'elle ne pouvait pas être uniquement motivée par le désir de voir là sa chère et tendre qu'il avait cent occasions pour une de rencontrer ailleurs. Je le guettai donc sans en avoir l'air et je le surpris, à plusieurs reprises, lisant une lettre au sortir de la galerie. J'en conclus que ce devait être là que se faisait l'échange des correspondances. Mais comment ! Voilà ce que je me demandais. Le bel Hyacinthe se méfiait et je ne pouvais le surveiller comme je l'aurais voulu, cette galerie tirée au cordeau se prêtant difficilement à ce jeu. Cependant, j'avais pu remarquer que Mademoiselle Roucoulan d'abord, la Belœillère ensuite examinaient à qui mieux mieux les rochers du passage couvert et semblaient y chercher quelque chose. Fort intrigué, j'avais fait de même après leur départ ; j'avais eu beau fureter partout je n'avais rien découvert. Cependant il me semblait que je devais brûler. J'en étais là et je me creusais la cervelle pour trouver le moyen d'arriver à une certitude, lorsque tout à coup une idée lumineuse me vient. Je cours à la lanterne vitrée qui recouvre la grotte et, grattant légèrement avec la pointe d'un canif la peinture blanche dont les carreaux de cette lanterne sont enduits, je dessine au milieu de la vitre un petit oculaire où j'applique mon œil. C'était parfait ! De là je pouvais observer tout ce qui se passait dans la grotte et dans le passage. Cette fois, j'étais sûr de mon fait. Je n'avais plus qu'à attendre. Le même jour, dans l'après-midi, à l'heure voulue, je vais me promener de long en large sur le quai, en fumant un cigare, le nez

plongé dans un livre. Les dames Roucoulan arrivent bientôt et s'engagent dans l'escalier de la
galerie égyptienne. Peu après mons Hyacinthe
apparaît et, sans prendre garde à moi, pénètre dans le passage rocheux. Aussitôt je me
précipite à mon observatoire et je vois : 1° les
dames Roucoulan qui, ayant fini de boire, se
hâtent de quitter la galerie à l'aspect de notre
amoureux; 2° la Belœillère qui les contemple
d'un air extasié, jusqu'à ce qu'elles aient disparu,
puis, se tournant vers les roches, s'oriente rapidement et plonge bientôt la main dans un enfoncement naturel dont l'étroit orifice se dissimule derrière quelques tiges de lierre. J'avais
passé vingt fois à côté sans le remarquer. Or,
notre ami retire de cet enfoncement...

L'éphèbe. — Un billet doux?

Le petit blond. — Justement.

Le gros roux. — Pas possible !

Le petit blond. — C'était la fameuse boîte aux
lettres.

Le grand brun. — Le fait est que c'est trouvé.

Le gros roux — Je n'aurais jamais imaginé
ça.

Le petit blond. — Comme il est absolument
seul dans la galerie et que la gardienne, occupée
à sa source, ne fait pas attention à lui, le bel

Hyacinthe déplie le billet, le lit, le relit, le couvre de baisers et, tirant de sa poche un autre billet auquel il ajoute quelques mots au crayon, il le glisse prestement dans l'enfoncement mystérieux et s'en va radieux. A plusieurs reprises je répétai l'expérience et, de mon poste d'observation, je pus constater que la jeune Ida et le bel Hyacinthe déposaient tour à tour leurs tendres poulets dans le susdit enfoncement. Je n'ai pas besoin, je pense, de vous affirmer que je n'ai pas abusé de ma découverte pour chercher à connaître leurs petits secrets.

Le grand brun. — Nous n'en doutons pas.

L'éphèbe. — C'est on ne peut plus ingénieux et je n'aurai plus d'autre boîte aux lettres.

Le petit blond. — Pardon, c'est retenu. C'est bien le moins que celui qui l'a éventée en aie la jouissance après le premier occupant.

Le g and brun. — Ce n'est que juste, mais il ne doit pas manquer de cachettes semblables dans les grottes ; il n'y a qu'à chercher.

Le gros roux. — Jamais je n'y arriverai.

L'éphèbe. — Oh ! bien, moi, je m'en charge.

Le grand brun. — Moi aussi.

Lecteur, vous êtes fixé maintenant.

Ce que vous ne savez pas, c'est que la nouvelle s'est vite repandue; le moyen a été goûté et l'usage s'en est rapidement généralisé. C'est ce qui fait que l'on voit aujourd'hui tant de gens plongés dans l'étude des parois intérieures des grottes où habitent les nymphes du pays Valsois et surtout des plus obscures. Ces singuliers explorateurs ne sont pas des savants cherchant patiemment quelque échantillon d'une conchyliologie plus ou moins fossile, un spécimen quelconque de la flore ou de la faune des cavernes. Non ; ce sont tout simplement des amoureux qui échangent leurs correspondances et font eux-mêmes la levée de leur boîte aux lettres.

UDORIE

UDORIE

A Mlle Clémence Edmond TEXIER, à Paris.

Bien qu'assez casanier de ma nature, j'ai toujours eu un goût très prononcé pour les voyages
des autres, et les aventures de ces hardis pion-
niers qui sillonnent dans tous les sens l'écorce
terrestre, en affrontant mille dangers, en bravant
mille fatigues, n'ont jamais manqué d'enflam-
mer mon imagination de l'ardent désir de les
imiter sans bouger de chez moi. J'aurais sans
doute fait, moi aussi, un grand voyageur si je
n'avais été aussi paresseux. Quoi qu'il en soit
cependant, les derniers exploits des Livingstone,
des Emin-Pacha, des Stanley à travers le conti-
nent noir me passionnèrent tellement que je fus,
un beau matin, saisi tout à coup de la fièvre explo-
ratrice et que je pris la résolution de marcher
sur les traces de ces grands hommes et de leurs
devanciers. A cette fin je m'avisai d'une entre-
prise qui, si je la menais à bien, ne pouvait manquer de jeter un certain lustre sur le nom que
j'aurais un jour à léguer, pour toute richesse, à

mes petits-enfants, à savoir de retrouver l'itinéraire que Pantagruel et ses compagnons avaient suivi pour se rendre au pays de Lanternois, où ils étaient allés chercher le mot de la dive bouteille.

Je partis donc un jour, après avoir dit adieu à ma famille, n'ayant pour me guider dans mes recherches qu'une boussole d'un système très perfectionné et d'une extrême sensibilité, un exemplaire de la relation des hauts faits et pérégrinations du dit Pantagruel et une vieille carte du royaume d'Utopie dressée par maître Alcofribas Nazier, abstracteur de quintessence, et que le plus grand des hasards m'avait fait, peu de temps auparavant, découvrir chez un mauvais brocanteur et marchand de ferrailles de Chinon.

Étant entré dans le pays où avait si longtemps régné le père de notre héros, je commençai à en visiter avec soin tous les lieux remarquables, me proposant d'en publier un récit détaillé ; cela fait et bien fait, je me disposais à me rendre au port de Thalassa, afin de m'y embarquer pour le pays de Lanternois situé, comme on le sait, sur la côte indique, lorsque j'arrivai à une ville que le grand homme n'a pas signalée en ses mémoires et qui, par un inexplicable oubli, n'était pas portée non plus sur la carte que je possédais. Je vis dans cette ville des choses tellement singulieres. que je demande la permission de les rapporter ici.

Ce qui me frappa tout d'abord, lorsque j'y pénétrai, ce fut la profusion de bouteilles que j'y rencontrai dès mes premiers pas. De quelque côté que je portasse mes regards, je ne voyais que des bouteilles : bouteilles par ci, bouteilles par là, bouteilles à droite, bouteilles à gauche, bouteilles devant, bouteilles derrière. Partout ce n'était que des bouteilles. Et, ce qu'il y a de plus bizarre, c'est que les dites bouteilles étaient animées. Portées sur des jambes longues et grêles, agitant de petits bras, causant avec animation d'une singulière voix de fausset, gesticulant avec chaleur, elles sillonnaient en foule les rues du pays. Les unes vides et débouchées, la tête nue et sans aucun ornement, s'engouffraient en rangs pressés dans diverses maisons. D'autres sortaient de ces mêmes maisons, bouchées, casquées d'argent, ceinturées de blanc comme les anciens sapeurs et se dirigeaient vers de grandes constructions qui ressemblaient à des magasins ou à des casernes.

Etonné de ce spectacle extraordinaire, je cherchai de l'œil quelqu'un à qui j'en pusse demander l'explication. J'aperçus, sous un hangar, plusieurs hommes occupés à forer un trou en terre. Je m'approchai d'eux et je les regardai faire un moment. Lorsqu'ils jugèrent leur trou assez profond, l'un d'eux y enfonça une sonde, la retira, l'examina avec attention ; puis, l'ayant remplacée par un tube métallique, il adapta une sorte de pompe à ce tube et se mit incontinent à pomper. Une eau claire et limpide jaillit à l'instant. L'homme la goûta et s'écria avec toutes les marques de la plus vive satisfaction : — C'est la meilleure ; elle fera merveille. Ma fortune est faite. Accourez, accourez. Pressez-vous. — Aussitôt bouteilles d'accourir et de se précipiter avec enthousiasme vers le robinet de la pompe.

De plus en plus intrigué, je me décidai à m'adresser à l'homme qui pompait et qui paraissait être le maître des autres.

— Pardon, monsieur, lui dis je ; que faites-vous donc là ?

— Comme vous voyez, je tire de l'eau.

— Mais encore ?

— Je viens de découvrir une source de munitions de guerre et je m'en réjouis, car elle est d'une richesse et d'une puissance extraordinaires.

Ne saisissant pas très bien le sens des paroles de cet indigène et ne voulant pas risquer de le blesser en lui laissant voir que je trouvais beaucoup d'obscurité dans son discours, je n'insistai pas et le priai de me dire dans quel pays j'étais.

— Monsieur, me répondit-il fort courtoisement, vous êtes dans la ville d'Udorie.

— Udorie ? Qu'est-ce que cela ? Je n'ai jamais ouï prononcer ce nom.

L'homme m'examina d'un air qui ne témoignait pas d'une grande estime pour mes connaissances géographiques.

— Je ne comprends pas, ajouta-t-il d'un ton dédaigneux, que quelqu'un puisse ignorer le nom d'une ville dont la renommée est répandue dans le monde entier et qui a promené ses étendards aux quatre coins de l'univers, en apportant le secours de ses armes à tous les peuples.

Touché de cette semonce, je m'excusai humblement et je priai l'homme de croire que je n'avais eu aucunement l'intention de blesser son amour-propre national. Il daigna m'assurer qu'il n'en doutait pas. Cependant, j'eus beau chercher en ma mémoire, je fus forcé de reconnaître que je n'avais aucune notion de cette ville.

— Dites-moi, repris-je, après un moment de

silence et lorsque je pensai que toute mauvaise impression était effacée, quels sont donc ces êtres étranges que je vois, revêtus d'une forme assurément fort répandue partout, mais que jusqu'ici je n'aurais pas cru pouvoir renfermer vie et mouvement?

— Ce sont nos soldats. Ils font partie de nos milices volontaires et ce sont eux qui, sur l'ordre du conseil des anciens qui nous gouverne, s'en vont, dans les contrées étrangères, guerroyer contre les plus dangereux ennemis de l'espèce humaine, après que nous les avons armés et pourvus des munitions nécessaires.

— Je ne leur vois cependant ni sac ni giberne. Dans quoi portent-ils ces munitions et en quoi consistent-elles?

— Elles consistent dans ces eaux que nous puisons au sein de la terre, à l'aide de pompes comme celle-ci, ou qui jaillissent naturellement. Nos soldats, comme vous avez pu le remarquer, viennent se faire remplir, charger ou équiper par nous; ils revêtent ensuite l'uniforme de leur régiment et sont, dès lors, prêts à combattre.

— D'après ce que je crois comprendre, ils cumulent les fonctions et sont, comme qui dirait, en même temps fusil et fusilier, canon et canonnier.

— C'est cela même.

— Et contre quels ennemis vont-ils lutter?

— Contre des monstres hideux et implacables, qui, de leurs dents acérées et de leurs griffes aiguës, déchirent les hommes, les torturent et ne leur arrachent que trop souvent la vie.

— Comment sont faits ces monstres?

— Ils n'ont aucune forme et sont invisibles. Ils sont retranchés au plus profond du corps humain et cachés à tous les yeux et seules nos armées sont capables de les joindre et de les combattre avec succès.

— C'est véritablement très curieux et je n'avais pas la moindre idée de tout cela. Quelles sont les principales industries du pays?

— Il y a d'abord les munitionnaires, qui approvisionnent les armées, puis les entrepreneurs de transports militaires qui se chargent de fabriquer les caissons spéciaux dans lesquels nos soldats voyagent. Vous pouvez en voir justement un approvisionnement, là, en face, devant cette maison.

Je porte les regards vers l'endroit que m'indique mon interlocuteur et je vois, en effet, à la porte d'une sorte d'atelier, un amoncellement de petites caisses à claire-voie et en bois blanc, de même taille et de même forme où un régiment est en train de prendre place, à raison de 25 ou 50 soldats par caisse ou par caisson, comme on voudra.

— A vrai dire, ces susdits caissons me font tout simplement l'effet de sortir de chez un menuisier; mais, craignant de blesser de nouveau le citoyen d'Udorie, je ne me permets aucune réflexion. Peut être aussi ai je tort de juger d'après les corps de métier de ma patrie.

— Il y a encore, continue l'Udorien, une troisième industrie très florissante dans le pays, c'est celle de directeur de pénitencier. Quand nous ne sommes pas munitionnaires ou entrepreneurs de transport, nous ouvrons un pénitencier.

— Vous avez donc beaucoup de malfaiteurs?

— Oh! ce n'est pas pour nous.

— Ah! j'y suis; c'est sans doute pour les militaires indisciplinés ou les soldats réfractaires.

— Non pas. Nos soldats sont les plus dociles et les plus soumis du monde et l'on n'a jamais à sévir contre eux. C'est pour les barbares qui, chaque année, à la même époque, nous envahissent et que nous sommes obligés de cantonner dans les pénitenciers pour les mieux surveiller, attendu que, si l'on n'y prenait garde, ils dévoreraient tous nos soldats et engloutiraient toutes nos munitions.

— Ces barbares sont bien cruels !

— Pas le moins du monde ; ils sont, au contraire, très polis et fort doux en général. Seulement ils n'ont confiance qu'en nos troupes et en leur armement pour combattre les ennemis qui ont fait de leur corps autant de citadelles et de camps retranchés. Non contents d'attendre paisiblement dans leurs foyers l'arrivée de nos convois, ils viennent jusqu'ici les chercher et se montrent tellement avides de leurs services qu'on est obligé de les surveiller de fort près et de les tenir constamment en observation, pour qu'il n'y ait pas d'abus.

— Pourrai je trouver un asile pour me reposer au moins quelques heures, avant de reprendre ma route ?

— Assurément ; la place ne manque pas en ce moment. Vous n'avez qu'à vous adresser au premier pénitencier que vous rencontrerez ; on vous y recevra avec le plus grand plaisir.

— C'est qu'un pénitencier aussi, ce n'est pas très réjouissant.

— Oh ! vous y serez parfaitement et vous y trouverez toutes les commodités auxquelles vous pouvez être habitué, sauf toutefois pour la nourriture.

— Comment?

— Vous serez obligé de vous contenter de notre régime?

— En quoi consiste ce régime?

— Nous ne vivons que d'eau. Rien ne mangeons ni ne buvons, sinon eaux, lesquelles sont à la fois munitions de guerre et provisions de bouche. Vous faites la grimace? Vous avez tort. Je vous assure que nous nous en trouvons fort bien. Peut être n'avez-vous pas entendu parler d'une fontaine merveilleuse où il suffisait de puiser en pensant à tel ou tel crû célèbre, pour trouver immédiatement à l'eau claire le goût particulier à ce crû.

— Pardon, dis-je avec empressement, jaloux de prouver que je ne suis pas aussi complètement ignorant que le citoyen d'Udorie pourrait le supposer. C'est la fontaine de la Bacbuc dans le Lanternois, où je me rends.

— Eh! bien, il en est de même de nos eaux. Grâce à un privilège spécial qui nous a été octroyé par notre bon roi Gargantua et dont la charte est conservée précieusement dans les archives de la ville, il nous suffit, lorsque nous voulons nous sustenter, de boire un verre ou

deux de nos eaux en pensant que nous vou-
drions manger soit un beefsteak aux pommes,
soit une cuisse de poulet, soit toute autre chose.
Aussitôt nous nous trouvons nourris et restau-
rés aussi bien que si nous avions réellement
absorbé les mets auxquels nous avons pensé.

— C'est économique.

— Et très sain. Si sain que, depuis que nous
suivons ce régime, nous arrivons à des longé-
vités incroyables et dont vous n'avez certainement pas l'idée. Ainsi, tel que vous me voyez,
j'ai six cents ans passés ; je date de la mise en
vigueur du privilège et j'ai été un des premiers
à adopter le nouveau mode de vivre. Depuis
ce moment, je n'ai jamais été malade et je ne
puis prévoir l'époque à laquelle mon existence
finira.

— On ne vous donnerait pas plus de quarante
ans.

— C'est l'âge où j'ai commencé à me nourrir
de cette manière. Mes ouvriers sont dans le
même cas ; ils ont chacun de cinq à six cents
ans et ne paraissent pas, comme vous pouvez
vous en convaincre, disposés à mourir.

— En effet. Mais, si vous ne mourrez jamais,
vous devez être très nombreux dans ce pays.

— Il faut vous dire que nous nous reprodui·

sons peu. Nous ne procréons que pour combler
les vides causés par les accidents ou par les
grandes sécheresses qui amènent quelquefois
des disettes dont nous sommes victimes car,
avant tout, il faut assurer le service de la place
et l'alimentation ne passe qu'après les nécessités
de la défense.

— Fort bien. Ainsi donc il n'y a en Udorie
ni bouchers ni boulangers.

— Pour l'instant du moins. Au moment de
l'arrivée des barbares, il en vient quelques-uns
des pays voisins s'installer ici, car si les étrangers essaient bien de s'accommoder de notre
manière de vivre, ils ne peuvent cependant s'en
contenter. Cela tient à ce que nos troupes ayant
à combattre en eux des ennemis acharnés, sont
obligées de porter tous leurs efforts de ce côté.
Nos eaux agissent alors principalement comme
munitions de guerre et perdent, par suite, une
partie de leurs vertus nutritives qu'on est obligé
de compenser par une alimentation supplémen-
taire et artificielle ; mais, soyez convaincu que,
si ces étrangers pouvaient arriver à faire comme
nous, ils ne s'en porteraient que mieux.

— J'ai d'autant moins de peine à le croire,
dis-je, en saisissant cette nouvelle occasion de
me relever dans l'esprit de mon interlocuteur,

que je sais que tous les peuples n'ont pas la
même manière de s'alimenter et que Pantagruel,
fils de votre roi Gargantua, dont vous me parliez tout à l'heure, a rencontré dans ses voyages
des êtres qui se nourrissaient de vent et de
moulins à vent, d'autres de pelles, de poëlons
et de lèchefrites, d'autres de casques, de morions,
de salades, etc.

— C'est très juste.

Heureux de cette approbation de l'Udorien,
je le remercie des renseignements vraiment
précieux qu'il a bien voulu me donner et je le
prie de m'indiquer, non pas un hôtel, puisque
ce vocable est hors de saison, mais un pénitencier.

— Monsieur, me dit-il, je ne saurais mieux
faire que de vous adresser à un de mes parents
qui sera heureux de vous recevoir et de vous
offrir l'hospitalité.

— Oh! monsieur!...

— En payant, comme de juste.

— Ah ! fort bien. C'est ainsi, du reste, que je
l'ai toujours entendu, quoiqu'à vrai dire, chez
nous, les prisonniers ne paient pas de loyer.
Chaque pays, du reste, a ses usages.

— Parfaitement. Vous n'avez qu'à suivre cette
avenue jusqu'à son extrémité. Vous tournerez

ensuite à gauche, vous ferez une centaine de pas; puis vous tournerez à droite. Vous trouverez alors le boulevard de l'Arsenal. Vous le prendrez; il donne dans la rue des Eaux, que vous suivrez jusqu'en son milieu; vous tournerez de nouveau à droite, puis à gauche, puis encore une fois à gauche et enfin à droite. Vous arriverez alors au quartier des pénitenciers, où vous trouverez facilement le Grand Pénitencier des Etrangers. Vous direz au directeur, que vous venez de la part de son oncle Mathias.

— Je vous remercie.

— Si j'ai un conseil à vous donner, c'est de rester parmi nous jusqu'à après demain, car demain a lieu une revue générale de nos troupes par le conseil des Anciens et, pour un étranger, c'est une chose à voir.

— Je vous suis bien reconnaissant et je suivrai votre recommandation.

Là-dessus, je prends congé de mon Udorien qui me paraît un bien aimable homme, malgré sa susceptibilité nationale, et je me mets à la recherche du Grand Pénitencier des Etrangers.

En route, je remarque la même affluence toujours renouvelée de bouteilles, c'est-à-dire de soldats Udoriens. Je remarque aussi que toutes les maisons de la ville portent des écriteaux sur lesquels on lit invariablement, au-dessous du nom de l'habitant, les mots : fournisseur militaire ou entrepreneur de transport. Au-dessous du premier de ces titres, on lit, non moins invariablement, ces autres mots : avec approbation, ou par autorisation du conseil des anciens, et au-dessous enfin un avis expliquant que c'est là qu'on trouve les meilleures munitions, les eaux les plus puissantes et les plus meurtrières et que l'élite de la garnison vient s'approvisionner. Partout je vois des hommes qui forent des puits en terre ou tirent de l'eau et des bouteilles qu'on emplit, qu'on équipe plutôt ; partout je vois des ouvriers construisant des caissons de transport. En divers endroits, je rencontre aussi des monceaux de tessons de bouteilles. Ce sont sans doute des cimetières militaires. Le long des rues, je heurte à chaque instant de malheureux soldats étendus et fracassés qui ont succombé à quelque accident fortuit et dont personne n'a l'air de s'occuper. Dans la poussière des chemins, sont épars des ossements auxquels on a négligé de donner une sépulture honorable. Cependant, il paraît que les Udoriens ne sont pas sans pratiquer le culte des morts et qu'ils recueillent, de temps en temps et en grande pompe, les restes de leurs soldats pour les por-

ter dans un vaste crematorium situé hors la
ville et qui est comme le purgatoire des bouteilles, purgatoire d'où elles sortent régénérées
au bout d'un certain temps d'épreuves.

Après bien des tours et des détours, après
m'être égaré nombre de fois et avoir demandé mon chemin à quantité de munitionnaires et de convoyeurs, j'arrive enfin au quartier des pénitenciers. Je me trouve alors en
présence d'une nouvelle difficulté. Sur toutes
les façades je lis : Beau Pénitencier, Vaste Pénitencier, Pénitencier pour familles, Superbe Pénitencier, Magnifique Pénitencier, Pénitencier
pour ménages, etc. Il me faut encore recourir à
l'obligeance d'un Udorien qui, plein de complaisance, m'accompagne jusqu'au Grand Pénitencier des Étrangers. J'y pénètre non sans une
certaine appréhension. Le directeur se présente
Je lui dis que je viens de la part de son oncle
Mathias et je lui demande s'il peut me donner
une chambre.

— Pardon, fait-il en m'interrompant, un
cabanon.

— C'est juste, puisque nous sommes dans un
pénitencier. Va pour un cabanon.

Le directeur appelle un porte-clefs et me fait
conduire au cabanon qui m'est destiné. C'est

une toute petite cellule où je peux à peine me retourner, mais qui est, en somme, suffisamment meublée et éclairée d'une fenêtre par laquelle entre un joyeux soleil.

Si c'est ainsi que les Udoriens comprennent la captivité, me dis-je rassuré, je pourrai m'y résigner temporairement, bien que le cabanon ne soit pas grand.

— Que désirez-vous prendre, me demande le porte-clefs ?

— Qu'avez-vous à m'offrir, fais-je étonné d'une pareille question ?

— Nous avons les meilleures eaux du pays, les plus nourrissantes, les plus succulentes, les plus puissantes : Si vous en voulez d'autres, nous vous en procurerons ; cependant, je crois que vous feriez mieux de vous en tenir aux nôtres.

— Soit.

Le porte-clefs sort et revient au bout d'un instant suivi d'un peloton de soldats qui se rangent en bataille contre un des murs de ma chambre.

— Voilà vos provisions, me dit-il. Vous n'aurez, lorsque vous voudrez vous restaurer, qu'à perforer, avec cet instrument, et il me remet une sorte d'outil ressemblant à un tire-bouchon, le crâne d'un de ces soldats et à lui extirper la pulpe cérébrale.

— Oh! je ne pourrai jamais me résigner à une aussi cruelle extrémité!

— Ils y sont habitués et ne s'en portent pas plus mal après. Je vais vous montrer comment on fait.

Le porte-clefs saisit un de ces malheureux par le cou, lui enlève brutalement son casque d'argent, lui enfonce l'instrument dans la tête et, tirant violemment, lui arrache la cervelle!

— C'est l'opération du trépan, fais-je en pâlissant, après avoir jeté un cri d'angoisse. C'est affreux.

Le porte-clefs, sans plus d'émotion, vide une partie de la lymphe du supplicié dans un verre qu'il met devant moi. Alors, m'efforçant, conformément aux prescriptions, d'évoquer dans ma pensée l'affriolante image des victuailles les plus délicates, je vide mon verre; mais je n'ai pas mis, sans doute, assez de conviction dans mon acte, car le résultat ne répond pas à mon attente. Je trouve que le goût de cette boisson bizarre ne se rapproche pas du tout des mets que j'avais désirés et l'effet en est tout autre que celui qui m'a été annoncé. Bien loin que mon estomac soit instantanément repu et satisfait, il manifeste son état de viduité et de mécontentement par des tiraillements et des plaintes énergiques.

— C'est le défaut d'habitude, affirme le porte-clefs. Le premier verre fait toujours cet effet-là.

Il me quitte là dessus, en m'assurant qu'il est bien à ma disposition, si j'ai besoin de lui. Pour le moment j'aurais surtout besoin d'un beafsteak. A défaut, j'absorbe le restant du soldat entamé avec l'espoir de calmer ma peine, en pensant au beafsteak. Vaine espérance, le liquide que j'absorbe me paraît ce qu'il est en réalité, c'est-à-dire une boisson légèrement pétillante, légèrement piquante, légèrement acidulée, enfin légèrement, oh! bien légèrement agréable, mais pas du tout restauratrice. Mes tiraillements, au lieu de se calmer, augmentent de plus en plus et deviennent intolérables. Je sonne et je demande le directeur du pénitencier, qui arrive aussitôt. Je lui expose mon cas.

— Puisqu'il en est ainsi, Monsieur, fait-il, après avoir longuement réfléchi, c'est une preuve que les ennemis que nos troupes ont pour mission de détruire se sont emparés à votre insu de votre corps, comme de ceux de tant d'autres étrangers qui ne s'en doutent pas. Le soldat que vous avez absorbé est en train de

combattre ces ennemis, c'est ce qui vous donne
ces tiraillements d'une part et ce qui fait, de
l'autre, que nos aliments n'ont pas pour vous
les vertus nutritives qu'ils devraient avoir.

Me voilà bien ! Je suis donc, moi aussi, transformé en champ de bataille et de carnage. Cette
découverte n'est pas faite pour me rassurer.

Cependant, la faim me talonnant de plus
belle, je pense moins encore aux dangers auxquels je me trouve exposé du fait de ces ennemis inconnus et implacables, qu'aux exigences
de plus en plus impérieuses de mon estomac et je supplie le directeur de me procurer un morceau de pain, un bouillon, la moindre
des choses.

— Nous n'avons rien, Monsieur; mais, croyez-
moi, consommez un autre soldat et endormez-
vous là-dessus. Demain vous vous trouverez
mieux.

Renonçant à tout espoir, maudissant le hasard
qui m'a conduit en Udorie, dans un pays où
les cure-dents sont si complètement inutiles, je
prends le parti de suivre le conseil du directeur
du Grand Pénitencier des Étrangers. D'une
main fiévreuse, je saisis un soldat par le cou,
comme a fait le porte-clefs, je lui fais sauter la
tête sans pitié, non sans m'étonner moi-même

de ma cruauté et je le vide résolument. J'en sacrifie un second et je me couche furieux. Pendant longtemps je me tourne et me retourne ; je me relève et me recouche, me tourne et me retourne encore. Ce n'est que vers le matin que je finis par m'endormir d'un sommeil lourd et agité.

Je commençais à peine à reposer lorsque je suis réveillé, tout à coup, par un singulier charivari. Je me mets à ma fenêtre et je vois une musique militaire composée d'une foule d'instruments bizarres, de trompettes hydrauliques, de conques marines, de cornets à bouquins en forme de robinets, de cors de chasse en forme d'entonnoirs, d'olifans, etc , qui passe dans la rue en jouant des airs, délicieux peut-être pour des oreilles exercées, mais qui m'arrachent le timpan. Derrière cette musique, un régiment de soldats Udoriens s'avance d'un pas martial et bien rhytmé. En ce moment on frappe à ma porte. Je vais ouvrir. C'est le directeur du Grand Pénitencier qui, aussitôt entré, me demande comment j'ai passé la nuit.

— Fort mal, lui dis-je d'autant moins aimablement que je sens mes tiraillements redoubler.

— C'est inconcevable ! C'est la première fois que je constate chose pareille. Vous devez,

Monsieur, être bien envahis par les ennemis et vous avez à remercier les dieux de vous avoir amené en Udorie car, sans cela, vous auriez été leur victime un jour ou l'autre.

Pour toute réponse, je fais une énergique grimace que le directeur peut interprêter comme bon lui semble ; mais qui, pour moi, signifie que j'aurais mieux aimé continuer à ignorer mes ennemis et trouver ici une nourriture un peu plus solide.

— Je suis venu vous dire, reprend le directeur, que, si vous tenez à assister à la revue, il est temps de vous rendre au champ de bataille, car elle va commencer. Le conseil des Anciens est déjà passé et nos troupes vont prendre leurs places. Si vous voulez, nous irons ensemble.

— Fort bien. Dans un quart d'heure je suis à vous. Je veux, en effet, d'autant moins manquer ce spectacle que c'est à son intention que j'ai passé une nuit à peu près blanche. Aussi, après avoir procédé à une rapide toilette et avoir tordu le coup, de dépit, à un nouveau soldat, je descends et nous sortons.

Au bout de quelques minutes de marche, nous arrivons à une vaste esplanade sur un des côtés de laquelle s'élèvent des tribunes faites de caissons de transport ingénieusement agencés et recouverts de riches tapis, ornés de banderolles et de mâts dorés au sommet desquels flottent légèrement de longues oriflammes de toutes couleurs.

La tribune du milieu est déjà occupée par le conseil des Anciens, composé de vieillards vénérables vêtus de robes de velours noir, coiffés de toques écarlates, tenant en main un bâton de commandement.

En face des tribunes, les troupes en grand uniforme, musique en tête, étendards déployés, se massent au fur et à mesure de leur arrivée. Sur les étendards de chaque corps sont inscrits le nom sous lequel il sont désignés, leurs états de services, leurs actions d'éclat, les récompenses qu'ils ont obtenues pour faits de guerre. Je vois ainsi prendre place successivement sur l'esplanade, la garde de l'Impératrice, le peloton d'honneur de la Reine, le bataillon des Princes, les chevaux-légers de la Marquise, les chevaliers de la Duchesse, les régiments de la Victoire, la Cohorte Nationale et une foule d'autres dont je ne puis retenir les noms. A la tête de chacun de ces régiments s'avancent leurs propriétaires, c'est-à-dire ceux qui les ont levés, armés et équipés. Chacun d'eux est revêtu d'une dalmatique blanche et bordée de pourpre.

Autour du conseil est groupé un élégant état-
major composé des personnages qui président
à l'élaboration et à la fabrication des munitions
de guerre en usage chez les Udoriens et leur
communiquent leur puissance. Parmi ceux-ci
le directeur du Grand Pénitencier des Etrangers me montre successivement le célèbre magicien Ferrugine; les sorciers Sodi, Potassi,
Calci; les fées Lithina, Magnésia; les génies
Carbo, Chloro, Sulfo, Phosphoro, etc.

Dans une enceinte réservée se tiennent les
munitionnaires et propriétaires de corps de
troupes non encore investis et qui doivent recevoir aujourd'hui leurs brevets et leurs bannières. Parmi eux se trouve Mathias, l'oncle de
mon hôte.

Enfin une foule de pages brillants et légers
voltigent comme des mouches d'or sur le front
des troupes, portant des ordres; ce sont, me
dit-on, des molécules d'oxyde d'hydrogène.

Mais les derniers régiments ont pris leurs places. Les musiques se taisent, le chef du conseil
des Anciens, se lève et prend la parole au milieu
du plus profond silence :

« Soldats, dit-il, en cette solennité patrioti-
que qui nous réunit ici, je suis heureux de n'a-
voir, comme d'habitude, au nom du conseil

dont je suis l'interprète comme au mien, que
des éloges à vous adresser. Votre discipline,
votre dévouement à la chose publique, votre
abnégation qui font de vous des troupes sans
rivales, votre courage, votre dédain de la mort,
qui ne se démentent jamais, sont universelle-
ment admirés. Tous les peuples rendent justice
à votre valeur, tous recherchent votre alliance
qui seule leur permet de lutter contre les ennemis dont ils sont accablés. Votre dernière campagne n'a été ni moins brillante, ni moins meur-
trière que les précédentes; vous vous êtes,
comme toujours, prodigués sans réserve. Vous
nous rendrez, d'ailleurs, cette justice que nous ne
vous avons jamais ménagé les encouragements
et les récompenses; ordres du jour, citations,
inscriptions aux frontons de notre Panthéon,
comptes rendus dans les papiers publics, médailles, parchemins, bannières d'honneur, vous ont
été généreusement dispensés et notre sollicitude
ne vous a pas fait défaut un seul instant. Nous
nous sommes efforcés de mettre en relief vos rares mérites et vos exceptionnelles qualités. Nous
avons tout fait pour vous défendre contre les
calomnies que l'envie ne ménage pas même à la
vertu la plus parfaite. Nous en avons fait bonne
et prompte justice. Nous vous avons décerné

les titres les plus propres à consacrer votre renommée et à attester votre incroyable puissance, la merveilleuse perfection de votre stra-
tégie et votre irrésistible élan dans l'action. Ces
encouragements vous étaient dûs; ils n'ont pas
été perdus. Vous avez redoublé d'émulation et,
chaque jour, de nouveaux engagements volontaires sont venus augmenter vos contingents et
combler les vides que la mort creuse incessam-
ment dans vos rangs. Chaque jour, de nouveaux
bienfaiteurs de l'humanité ont levé et équipé de
nombreux régiments; chaque jour a vu s'accroître le stock de munitions de guerre qui font
d'Udorie la première place forte du monde;
chaque jour enfin a vu se perfectionner le service
si important des transports. Honneur donc et
merci à vous tous qui tenez si haut et si ferme
le drapeau d'Udorie, et vive notre noble et généreuse patrie »

Au moment où le chef du conseil des Anciens
se rassied, un tonnerre d'applaudissements
éclate d'un bout de l'esplanade à l'autre. Cent
mille bouches crient à la fois de cette petite voix
de fausset si particulière : — Vive Udorie, vive le
conseil des Anciens. Evohé! Gloire à nos armes.
Honneur à nous. — Les trompettes sonnent, les
musiques jouent; cela fait un beau tintamarre.

Mais tous se taisent à la vue d'un hérault qui s'avance rapidement des estrades vers les troupes. Arrivé à certaine distance de celles-ci, il s'arrête et annonce que le conseil va investir les régiments formés depuis la dernière revue et décerner les récompenses aux corps qui se sont le plus signalés pendant l'année. Alors les nouveaux munitionnaires sortent avec leurs troupes de l'enceinte réservée et vont se placer devant l'estrade d'honneur aux endroits qui leur sont désignés par les pages.

Chacun, à tour de rôle et au commandement du hérault, fait évoluer ses jeunes troupes devant un comité spécial composé de membres du conseil, de munitionnaires expérimentés et des principaux entrepreneurs de transports.

Lorsqu'ils ont satisfait aux épreuves, on leur décerne le brevet d'investiture, après y avoir consigné les conclusions du comité d'examen et apposé le sceau du conseil. On les revêt ensuite de la dalmatique officielle et on leur remet un drapeau. Ils vont alors prendre place à la suite de l'armée. Désormais leurs régiments peuvent entrer en campagne.

Je vois ainsi Mathias qui, rayonnant, présente à son tour son bataillon et le fait manœuvrer et je suis heureux d'apprendre qu'on lui adresse les compliments les plus flatteurs.

La cérémonie d'investiture étant terminée, les musiques se remettent à jouer, de nouvelles acclamations s'élèvent et le défilé commence. Les troupes s'ébranlent et passent successivement devant le conseil des Anciens. Chaque cohorte s'arrête un instant pour recevoir la médaille de mérite qui lui est destinée et qui porte son numéro de classement avec la confirmation de son titre d'excellente, d'unique, de sans pareille, de merveilleuse, etc , puis va rejoindre ses cantonnements.

Quand tout est fini, les membres du conseil quittent l'esplanade suivis de leur état-major, du comité d'examen et des principaux d'entre les munitionnaires, les convoyeurs et les directeurs de pénitenciers.

A ma grande surprise, je vois un page s'avancer vers moi. Il est envoyé par le chef du conseil qui, ayant appris ma présence dans les murs d'Udorie, me fait inviter au banquet qui termine toujours la revue. J'ai beau me retrancher derrière mon indignité, je ne puis refuser et je me trouve bientôt, par un excès d'honneur, assis à côté du président du banquet, dans une salle richement décorée de feuillages, de fleurs, d'attributs allégoriques et devant une table somptueusement servie..... de bouteilles d'eau.

A cet aspect mes tiraillements se réveillent instantanément ; mais l'eau est tirée, il faut la boire. Chacun, plein d'attentions pour moi, m'offre ce que tous considèrent comme les plus délicieux aliments et me vante l'excellence des produits d'Udorie. Je vide ainsi une quantité de verres, remplis des meilleures et des plus fortes eaux du pays et notamment de celles qui sont le plus particulièrement sous la direction du grand magicien Ferrugine. Cependant j'ai beau y mettre de la bonne volonté et avoir recours à toute mon imagination, je ne parviens pas à me persuader que cela puisse remplacer une bonne poularde du Mans ou de la Bresse. Il y faut décidément une grande habitude.

On festoie ainsi pendant de trop longues heures ; je dois ensuite écouter nombre de discours et nombre de répliques et prendre part à une série interminable de toasts, et ce n'est qu'assez tard, dans l'après-midi, que je puis recouvrer ma liberté. J'en profite pour retourner à la hâte à mon pénitencier, régler ma dépense qui n'est pas lourde et prendre congé, malgré l'heure avancée et les efforts de mes hôtes pour me retenir.

Je sors par le plus court chemin d'Udorie, l'estomac torturé par une faim terrible.

Guidé par ma boussole et ma carte d'abord,
par les étoiles ensuite, je prends courageusement
la direction du port de Thalassa. Je marche
toute la nuit à travers un immense et affreux
désert dont je désespère de voir le bout avant de
tomber épuisé et, au moment où mes forces vont
m'abandonner, j'arrive, enfin, vers le matin,
sur un rivage parsemé heureusement de bancs
d'huîtres. Je me jette sur cette manne imprévue
et je dévore, sans pouvoir me rassasier, je ne
sais combien de douzaines de ces innocents bi-
valves. Un peu restauré, je cherche à m'orienter
et à reconnaître où je suis. Je ne vois aucune
trace de port. La plage s'étend à perte de vue.
Pourtant, d'après ma carte, je devrais être à
Thalassa. En tous cas, le port ne peut être loin
et il doit se trouver sur ma gauche. Je consulte
avec soin ma boussole et je me remets en route.
Pendant longtemps, je suis le rivage, sans rien
voir qui m'annonce des lieux habités. Cependant je finis par distinguer, dans le lointain,
quelque chose qui ressemble à des constructions;
puis je vois distinctement des jetées, des môles,
des bassins.

— Cette fois, j'y suis, me dis-je, en poussant
un soupir de soulagement. Voilà Thalassa ! Je
double le pas, j'entre dans la ville et je recon-

nais... le port de Pontos situé juste à l'opposé du point où je voulais arriver! Par quel prodige, me suis-je écarté si extraordinairement de ma route? Je ne peux le comprendre. Je consulte tour à tour ma carte et ma boussole, ma boussole et ma carte, sans pouvoir deviner la cause d'une pareille erreur. Dans un mouvement que je fais, je laisse tomber ma boussole qui roule à quelques pas devant, moi. Que vois-je alors? l'aiguille aimantée qui vire bout pour bout. Stupéfait, je reprends l'instrument; l'aiguille revient à sa première position; je repose ma boussole à terre, nouveau changement. Je n'en puis croire mes yeux. Et pourtant, il faut se rendre à l'évidence; dans ma main, l'aiguille prend une orientation toute différente de celle qu'elle a sur le sol. S'il en est ainsi, si elle s'est permis, pendant mon voyage, de pareilles incartades, il n'est pas étonnant que j'aie constamment tourné le dos à Thalassa. Mais, comment cela peut-il se faire? Je cherche, je me creuse la tête; je me frappe désespérément et énergiquement le front, et, comme du choc jaillit toujours l'étincelle, la vérité se fait jour dans mon cerveau et tout finit par s'expliquer.

— C'est le fer, que contenait les eaux que j'ai absorbées en Udoric, qui a influencé ma trop sensible boussole.

Dépité, redoutant d'autres surprises et de nouvelles fatigues, je renonce à continuer mon voyage et je rentre chez moi sans plus tarder.

Je pense, d'ailleurs, que le récit de mes aventures en Udorie suffit amplement à la gloire d'un seul homme. Bien d'autres, qui n'avaient pas vu des pays plus curieux et raconté des choses plus intéressantes et plus véridiques, sont passés à la postérité.

Je n'en attends pas moins de la reconnaissance des populations.

RÈGLEMENT DE COMPTES

RÈGLEMENT DE COMPTES

A M. Georges Grasset, à Paris.

J'étais à Vals depuis quelques jours et je mettais la dernière main à la publication de *Vals pour rire* dont les bonnes feuilles venaient de paraître.

Un soir, ayant travaillé jusqu'à près de minuit et voulant, avant de me coucher, essayer de dissiper, par une courte promenade, la migraine qui me tenaillait le cerveau et qui m'aurait empêché de dormir, tenté, d'ailleurs, par le charme d'une nuit d'été superbe, j'allumai un cigare et je sortis. La lune brillait dans un firmament sans nuages et répandait sur la nature entière une lueur pâle d'une ineffable douceur. Une brise légère courait en murmurant dans les arbres et rafraîchissait la température sans la refroidir. Le calme s'était fait dans la cité balnéaire. Nul bruit ne s'y faisait entendre. Toutes les portes étaient fermées, toutes les lumières éteintes. Chacun dormait. J'allais lentement à travers les

22

rues désertes, philosophant sur le contraste violent qui existait entre ce calme de thébaïde ou de nécropole et l'animation qui régnait en ces mêmes lieux pendant le jour. Je traversai ainsi les allées Farincourt, puis, arrivé au grand établissement de bains, je le longeai et je gagnai l'esplanade de la Dominique. Là, je m'assis sur un banc adossé à un massif de lauriers-cerises en fleurs. Peu à peu, sous l'influence sans doute des effluves embaumées qui descendaient des collines environnantes portées par les zéphirs et des senteurs capiteuses que dégageait le bosquet de lauriers, je me sentis envahi par une molle torpeur ; je laissai mon cigare s'éteindre et je tombai dans une sorte de demi sommeil, où mon imagination désarmée ne tarda pas à être entraînée par les chimères jusqu'aux séduisantes régions de la fantaisie et de l'irréel. Je rêvais. A quoi ? A mon livre, naturellement. Je le voyais imprimé, revêtu d'une élégante couverture, s'élançant plein de confiance à travers le monde. Les lecteurs s'en arrachaient les exemplaires. Les éditions succédaient aux éditions. On me traduisait dans toutes les langues. La presse de l'univers entier ne tarissait pas en compliments sur mon compte. J'étais passé grand homme et, dans la brume de la nuit, comme dans le lointain de l'avenir, je voyais vaguement s'estomper la coupole hypnotisante de l'Académie.

Mais voilà que, tout à coup, je suis tiré de ma rêverie par un bruit de pas et de conversation. J'ouvre les yeux et je vois passer devant moi un certain nombre de formes blanches revêtues de longues tuniques flottantes et du peplum antique, qui se promènent par petits groupes en devisant.

Ce sont les sources de Vals qui ont éprouvé le besoin de se délasser des travaux du jour, en prenant le frais et en respirant l'air pur de la nuit. Je reconnais successivement la Dominique, la Rigolette, la Constantine, les Vivaraises, la Précieuse, la Sophie, la Désirée, l'Intermittente et bien d'autres.

Au bout d'un certain temps, les sources fatiguées de marcher viennent s'asseoir en cercle près du massif auquel je suis adossé et dont l'ombre portée, dans laquelle je suis noyé, me cache complètement à leurs yeux.

La conversation devient bientôt générale et ne tarde pas à prendre une tournure fort intéressante pour moi; aussi ne me fais-je pas scrupule d'y prêter une oreille attentive, au risque de subir le sort des indiscrets qui écoutent aux portes.

— Mes sœurs, demande la Constantine, qui de vous a entendu parler de ce nouveau livre qui va paraître sous le titre de *Vals pour rire*?

— Moi, répond la Rigolette. J'ai même fait plus que d'en entendre parler, car j'en ai parcouru les épreuves chez notre directeur.

L'Intermittente. — Moi aussi.

La Constantine. — Bah! déjà? On dit qu'il est beaucoup question de nous dans ce livre.

La Rigolette. — Beaucoup en effet.

L'Intermittente. — Beaucoup trop, à mon avis.

La Sophie. — C'est ce que ma gardienne m'a appris.

La Désirée. — Tiens! comment le sait-elle?

La Sophie. — Par l'auteur lui-même avec lequel elle est très bien et qui lui a lu des passages de son ouvrage, à mesure qu'il le composait.

La Précieuse. — Quelle idée! Il paraît, du reste, que c'est un fier original.

L'Intermittente. — Ah! oui.

La Rigolette. — Il n'y a qu'à le voir. Petit, laid, maigre, myope et moustachu, il va, vient, court, vole, disparaît, s'évanouit, reparaît et s'évapore. Il est partout à la fois, ici, là, plus loin, à gauche, à droite, devant, derrière. Sans cesse en mouvement, il cherche, furète, fouille, regarde, examine, observe les lieux et les gens ; ne dit rien, mais prête attention à tout et me fait l'effet de rire de tout en dedans, de l'air le plus sérieux du monde.

La Désirée. — Vous le jugez bien sévèrement, ma sœur.

L'Intermittente. — Elle le juge comme il le mérite.

La Précieuse. — On prétend, cependant, qu'il fait de nous les plus grands éloges.

L'Intermittente. — Drôles d'éloges !

La Rigolette. — Oui, il en a l'air, le bon apôtre. Il nous couvre de fleurs ; seulement je me demande si ce n'est pas pour mieux se moquer de nous. Ne me traite-t-il pas de Camuse, et ne plaisante-t-il pas mon manchon et ma chaufferette !

L'Intermittente. — C'est comme moi, il m'arrange bien. Je ne sais combien de brocards, plus déplacés les uns que les autres, il s'est permis à mon égard. Et pourtant je ne lui ai jamais fait de mal. Ah ! si je le tenais !

La Rigolette. — Par exemple, il faut convenir qu'il rend pleine et entière justice à notre sœur la Dominique.

La Dominique — Aussi, qui oserait critiquer ma puissance? Il est des réputations inattaquables contre lesquelles les dents les plus acérées se brisent.

La Sophie. — Ma gardienne m'a raconté une histoire de duel où il vous a donné un bien beau rôle.

La Dominique. — Nous verrons cela. Mais, si beau que soit ce rôle, il n'est certainement pas au-dessus de mes forces.

Les Vivaraises. — Est-ce qu'il parle de nous, ma sœur ?

La Rigolette. — Certainement.

Les Vivaraises. — Nous sommes bien contentes. Nous pensions qu'il nous aurait oubliées.

La Rigolette. — Ne nous passe-t-il pas toutes en revue.

La Constantine. — C'est le moyen de ne pas faire de jalouses.

La Sophie. — Oh! c'est un malin.

L'Intermittente. — Ma foi, pour ma part, j'aurais beaucoup mieux aimé qu'il ne se fût pas occupé de moi.

La Désirée. — S'il a encore besoin de nos services, nous le lui revaudrons.

La Précieuse. — Oui, nous l'attendons. Qu'il vienne nous demander de nouveau de lui rendre la santé.

La Constantine. — Ne dites pas cela, mes sœurs.

L'Intermittente. — Elles ont raison.

La Constantine. — Non ; la charité commande de pardonner les offenses.

La Rigolette. — La Précieuse et la Désirée sont d'autant moins autorisées à parler ainsi, qu'il ne leur fait que des compliments.

— Les deux sources ensemble. — Ah ! vraiment. Ah ! nous ne ne savions pas.

La Rigolette. — Après ça, il ne faut peut-être pas trop s'y fier.

La Constantine. — En tous cas, nous ne pouvons, par rancune, manquer à nos devoirs et faillir à notre réputation ; cela ne conviendrait pas à notre caractère.

La Dominique. — Non.

L'Intermittente. — Ah ! bien, ça me serait égal ; si je pouvais me venger, je n'y manquerais pas.

Ce n'est décidément pas agréable d'écouter aux portes, même quand il n'y a pas de portes. Je fais la grimace derrière mon massif de lauriers, en entendant ces appréciations dénuées d'artifice et de feinte. Et moi qui me targuais

d'avoir mérité la reconnaissance de ces dames !
Je me suis bien trompé. Je n'ai réussi qu'à me
faire des ennemies... Comme on vient de souf-
fler sur la flamme de mon enthousiasme !
Pauvre de moi. Si le public s'avise de partager
ces sentiments, je suis bien ! Les éditions qui
devaient succéder aux éditions sont loin, aussi
loin que la coupole de l'Institut. Du coup, les
presses peuvent cesser de gémir ; je suffirai
amplement à cette pénible tâche.

Pendant la conversation que je viens de rapporter, d'autres promeneuses se sont peu à peu
rapprochées du groupe qui m'a si bien arrangé
et ont prêté l'oreille au dialogue, sans y prendre
part cependant.

Parmi ces nouvelles sources, j'en remarque
plusieurs de Labégude, notamment la Fortifiante et la Clémentine, ainsi que les deux
principales sources d'Antraigues, la Coupe
d'Aizac et la source du Volcan, qui se trouvent
là, je ne sais par quel hasard.

La Fortifiante prend alors la parole.

— Pardon, Mesdames, dit-elle, vous parlez,
je crois, de *Vals pour rire*. Puisque vous avez lu
ce livre, pouvez-vous me dire s'il y est fait mention de nous ?

A ces mots, les sources de Vals lèvent la tête

et regardent la Fortifiante· sans répondre, d'un air où se peignent l'étonnement et le dédain.

La Fortifiante. — Vous n'avez pas l'air de me comprendre. Il me semble pourtant que je m'exprime d'une manière intelligible.

La Rigolette. — Pourquoi voudriez-vous qu'on fît mention de vous dans cet ouvrage ? Êtes-vous de Vals ? Êtes-vous des nôtres ? Êtes-vous connues ? Avez-vous nos mérites et notre valeur ?

La Fortifiante. — Il est vrai que nous ne sommes pas de Vals ; mais ce n'est pas de notre faute. Nous sommes peu connues, c'est encore vrai ; mais cela ne veut pas dire que nous ne soyons pas dignes de l'être davantage. Et, pour ce qui est de nos mérites, vous me permettrez de ne pas les croire inférieurs aux nôtres.

Toutes les sources de Vals. — Oh !

La Clémentine. — Ma sœur a raison. Qu'avez-vous de plus que nous ? La notoriété, la renommée, la vogue et c'est tout. Ne sommes-nous pas, les unes et les autres, filles de la même mère ? N'avons-nous pas la même nature, des vertus et des attraits semblables ?

Toutes les sources de Vals. — Oh !

La Constantine. — Vous ne manquez pas d'aplomb, ma chère, d'oser vous comparer à nous.

La Dominique. — Attachez-vous quelque importance à ces billevesées ?

La Clémentine. — Des billevesées! Voilà pourtant comme on nous traite! Ah ! ma sœur, c'est trop. Retirons-nous.

La source du Volcan d'Antraigues. — Pardon, c'est vous, Madame, qu'on appelle la Dominique. Je suis bien aise de vous voir. Je ne vous connaissais pas encore.

La Dominique. — Vraiment ? Vous êtes bien arriérée, alors. D'où sortez-vous donc ?

La source du Volcan. — Oh ! j'ai beaucoup entendu parler de vous, seulement je n'avais jamais eu l'occasion de contempler vos traits, et c'est pour cela que ma sœur et moi nous nous sommes enfin décidées à venir à Vals pour juger par nous-mêmes de la réalité de vos charmes tant vantés. Eh! bien, je vous dirai franchement qu'il s'en faut de beaucoup que je vous trouve aussi belle qu'on le prétend. Vous avez la figure fatiguée et la mine défaite d'une personne qui s'est surmenée. Nous sommes peut-être moins bien attifées que vous, moins coquettement coiffées; vos ornements sont plus riches que les nôtres, mais, assurément, nous serions désolées si notre visage n'avait pas plus de fraîcheur que le vôtre.

Toutes les sources de Vals. — Ma sœur, vous laisserez-vous insulter de la sorte ?

La Dominique. — Le mépris est la seule réponse qui convienne à de pareilles divagations.

La Coupe d'Aizac. — Nous n'avons que faire de votre mépris et, quant à ce que vous dit ma sœur, ce sont des vérités et non des divagations. Croyez-vous, par hasard, que, si au lieu d'avoir vu le jour à Antraigues, j'étais née à Vals, je ne vous aurais pas depuis longtemps supplantée ? Croyez-vous que, si jamais j'étais autorisée à venir résider ici, vous pèseriez lourd, toute Dominique que vous êtes ? Allons donc. Je n'aurais qu'à faire un signe pour que votre armée d'adorateurs se détournât immédiatement et pour toujours de vous, vous laissant désormais vous morfondre dans l'isolement et l'ennui.

La Fortifiante. — Et croyez-vous que vous n'auriez pas à compter avec moi-même, si j'avais eu le bonheur de voir le jour dans le bassin des eaux ?

La Clémentine. — Est-ce que ces dames n'en seraient pas toutes là, si nous pouvions nous mesurer avec elles ?

Toutes les sources de Vals. — C'est odieux.

La source du Volcan. — Ce qui est odieux c'est ne nous tenir systématiquement à l'écart par jalousie et par crainte.

Toutes. — Par jalousie !

La Dominique. — Par crainte !

La Constantine. — Comme si nous avions quelque chose à craindre de ces dames !

La Rigolette. — Ou quelque chose à leur envier !

L'Intermittente — Allez conter vos doléances à l'auteur de *Vals pour rire;* vous verrez ce qu'il vous répondra !

La Clémentine. — Nous abaisser à solliciter ? Pour qui nous prenez-vous ?

La Sophie. — Cependant, quand on tient tant à ce qu'on s'occupe de vous.

La Fortifiante. — C'est bon pour vous de parler ainsi, Mesdames, qui n'êtes heureuses que lorsqu'on vous encense et qu'on vous adule.

La Dominique. — Arrogante !

La Fortifiante. — Arrogante vous même, Madame.

La Désirée. — Sont-elles insolentes !

La Coupe d'Aizac. — Nous sommes insolentes parce que nous vous parlons avec sincérité.

La Constantine. — Pécores !

La Coupe d'Aizac. — Quoi ? Ai-je bien entendu ? Pécores ! Elle nous appelées pécores ?

Furieuse, la Coupe d'Aizac se précipite sur la

Constantine. Les sources de Vals se lèvent aussitôt et se mettent en défense pour repousser l'attaque dont les menacent les sources de Labégude et d'Antraigues prêtes à se jeter sur elles. Une mêlée générale est imminente. Alors, n'écoutant que mon courage, je m'élance entre les sœurs ennemies et je m'écrie, en cherchant à les séparer :

— Qu'allez-vous faire ! Par grâce, arrêtez. Ah ! Mesdames, si l'on vous voyait.

A mon aspect, les sources s'arrêtent interdites.

— Quel est cet étranger? demande la Dominique.

La Rigolette. — Eh ! ne le reconnaissez-vous pas? C'est l'auteur de *Vals pour rire*.

La Fortifiante. — Comment ! C'est lui ?

L'Intermittente. — Oui, c'est lui, c'est bien lui. Vous pouvez lui exposer vos peines ; il y compâtira ou je me trompe beaucoup.

La Coupe d'Aizac. — Ah ! c'est Monsieur qui ne nous a pas trouvées dignes d'un seul mot d'encouragement?

La Rigolette. — Oui, c'est lui qui nous encense.

La Désirée. — Qui nous adule.

La Constantine. — Qui rend hommage.....

La Dominique. — A mes vertus.

L'Intermittente. — Oui, oui, c'est Monsieur qui a écrit dans son livre qu'il nous donnerait toutes, vous comme nous, pour un panier de Champagne.

Toutes. — Il a écrit cela ?

L'Intermittente. — Parfaitement.

Moi. — Permettez, Mesdames.....

Toutes. — Vous avez osé ?

Moi. — Mais, permettez....

Toutes. — Quelle audace !

Moi. — Cependant. ...

Toutes. — Quel cynisme !

Moi. — Mesdames.....

L'Intermittente. — Si vous voulez l'écouter, il aura vite fait de vous entortiller.

Toutes. — Non, non.

Moi. — Je vous en prie.....

Toutes. — Avoir l'indignité de nous préférer le vin, ce breuvage abominable, ce poison qui fait tant de mal à l'humanité. Oh !.....

Moi. — Mais enfin, Mesdames, laissez-moi m'expliquer. D'abord, ce n'est pas moi qui parle ainsi ; c'est un des personnages de mon livre. Ensuite, vous devez savoir que le vin ne devient malfaisant que lorsqu'on en abuse. Enfin, sauf meilleur avis, je crois qu'on peut vous estimer beaucoup, vous apprécier à votre juste valeur sans, cependant, détester, pour cela. le jus de la treille qui réjouit le cœur, rend l'homme joyeux et lui fait voir la vie en rose.

L'Intermittente. — L'entendez-vous, le blasphémateur? L'entendez-vous?

La Désirée. — On ne lui fait pas dire.

Les Vivaraises. — C'est une infamie.

La Précieuse. — Cela n'a pas de nom.

La Dominique. — Monsieur fait preuve de la plus monstrueuse impudence.

La Sophie. — De la plus noire ingratitude.

La Fortifiante. — Quand on se rend coupable d'un tel crime...

La Domininique. — On s'expose à tous les châtiments.

La Précieuse. — A tous les châtiments.

La Coupe d'Aizac. — On ne doit s'attendre à aucune pitié.

La Source du Volcan. — A aucune pitié.

L'Intermittente. — Echarpons-le.

La Sophie. — C'est ça, à mort.

Toutes. — A mort, à mort.

Moi. — Ah! Mesdames..... Mesdames..... Mes.....

Je ne puis en dire davantage. Toutes s'é-
lancent sur moi en fureur, m'égratignent, me
mordent, me déchirent, m'arrachent les cheveux. Je ne sais où j'en suis. Je n'y vois plus.
Je deviens fou. Mes vêtements tombent en lambeaux ; mon sang ruisselle. Je lutte avec le
courage du désespoir. Je cherche à me dégager,
mais, délivré des unes, je suis repris par les
autres. Je tombe accablé sous le nombre, je me
relève pour retomber encore. Enfin, après des
efforts inouïs, je réussis à échapper à mes bour-
reaux. Je me mets à détaler aussi vite que mes
forces me le permettent, poursuivi par la horde
entière. La peur me donnant des ailes, je parviens à les distancer. Peu à peu, j'entends leurs
cris se perdre dans l'éloignement ; elles ont
renoncé à me poursuivre. Je rentre chez moi
défaillant et je me couche. Pendant près de
quinze jours, je ne puis bouger de mon lit.
Lorsque j'en sors enfin, mon premier soin est
de courir au télégraphe pour donner l'ordre à
mon imprimeur de ne pas tirer *Vals pour rire*.

Trop tard, me répond-il. L'édition est prête.
Le sort en est jeté.

Habent sua fata libelli.

Que mon livre suive donc sa destinée, au
risque de ce qui pourra en advenir.

TABLE DES MATIÈRES

TABLE DES MATIÈRES

OUVRAGES DU MÊME AUTEUR

Notice sur les *Richesses Minérales de la Nouvelle Calédonie.*

Notice historique sur la *Pisciculture.*

Coup d'œil général sur la *Pisciculture.*

Note pour servir à l'*Histoire des Aquariums.*

Notice biographique sur les *Filhol Camas.*

La Famille Roë, roman d'éducation pour la Jeunesse.

Les Couleurs de Quiquembroche, nouvelle.

La Femme du Collectionneur, monologue en vers.

EN PRÉPARATION :

Ma Pensée, poésies.

AVIGNON. — IMPRIMERIE E. MILLO.

www.ingramcontent.com/pod-product-compliance
Lightning Source LLC
Chambersburg PA
CBHW060936030726
47503CB00003B/618